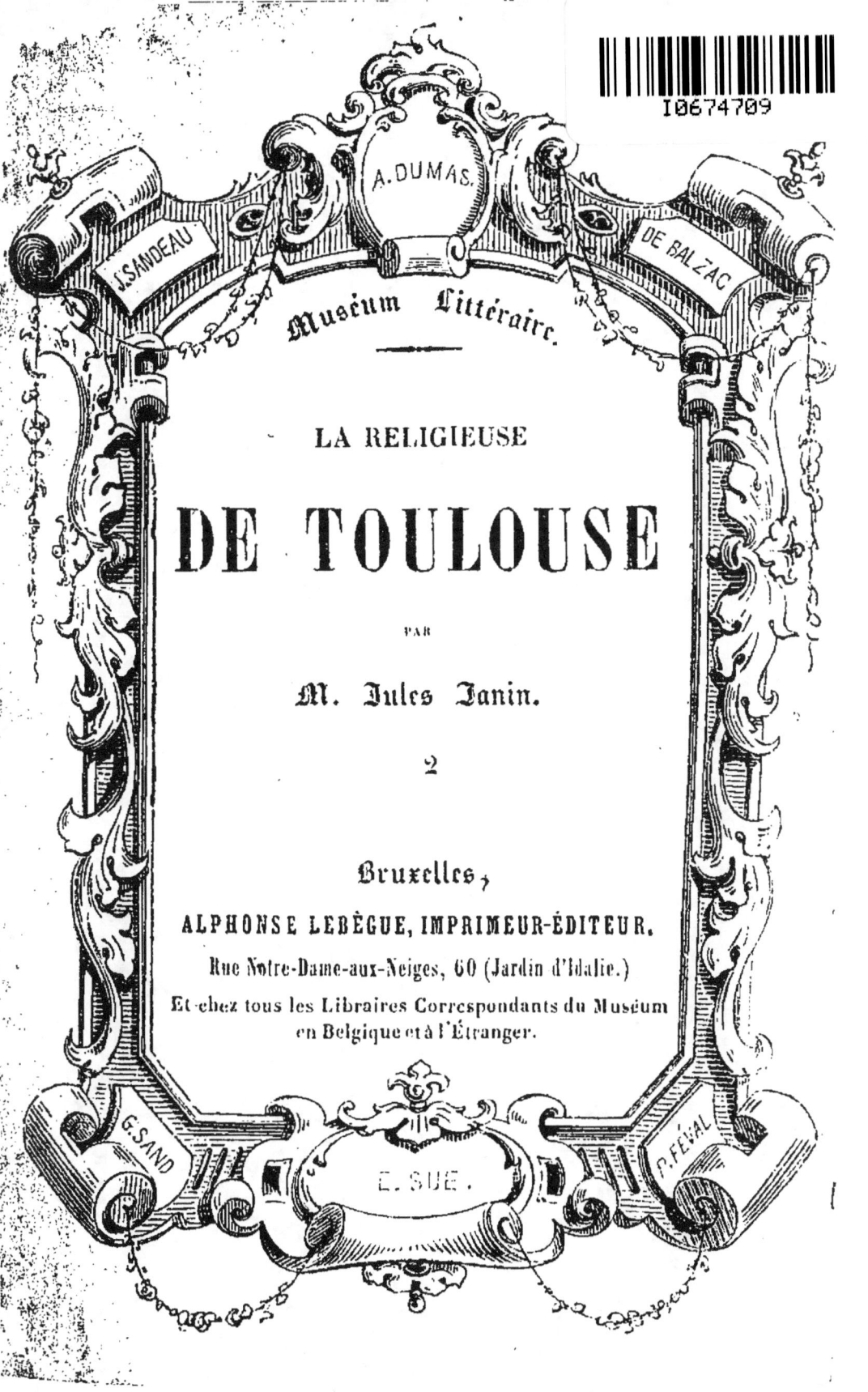

Muséum Littéraire.

LA RELIGIEUSE

DE TOULOUSE

PAR

M. Jules Janin.

2

Bruxelles,

ALPHONSE LEBÈGUE, IMPRIMEUR-ÉDITEUR.

Rue Notre-Dame-aux-Neiges, 60 (Jardin d'Idalie.)

Et chez tous les Libraires Correspondants du Muséum
en Belgique et à l'Étranger.

J.SANDEAU · A.DUMAS · DE BALZAC

G.SAND · E.SUE · P.FÉVAL

LA RELIGIEUSE

DE TOULOUSE.

I²

LA RELIGIEUSE

DE

TOULOUSE

PAR

M. JULES JANIN.

2

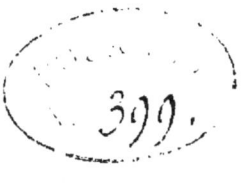

A. L.

BRUXELLES,

ALPHONSE LEBÈGUE, IMPRIMEUR-ÉDITEUR,

Rue Notre-Dame-aux-Neiges, 60.

(Rue des Jardins d'Idalie, 1.)

1852

LA RELIGIEUSE

DE TOULOUSE.

X

Une nuit est bientôt passée à songer à ses amours, dans un de ces moments de tendresse, de sérénité et de lumière qui sont la première récompense d'un difficile devoir courageusement accompli! Si bien que, le matin venu, notre ami du Boulay attendit, sans trop d'impatience, que la fenêtre de sa voisine fût ouverte; alors seulement il s'en vint frapper à la porte de dame Françoise. Il était beau en ce moment; il portait, sur sa figure éclairée par l'espérance, la sérénité d'une bonne conscience et cet air de contentement d'un brave garçon qui s'est passé la fantaisie d'accomplir héroïquement la meilleure action de toute sa vie. Aussi bien la femme du chirurgien l'accueillit avec tous les transports de la confiance, de l'estime et de l'amitié.

« Ah! vous voilà, monsieur le chevalier errant, monsieur le défenseur de la veuve et de l'orphelin! s'écria

Dame Françoise; soyez le bienvenu! Et d'abord, permettez qu'on vous embrasse pour votre bonne action. Comment donc, je n'aurais pas mieux fait, moi qui vous parle! Et jugez de ma surprise, de ma joie, ce matin, au petit jour (mon mari dormait encore), je saute de mon lit et, ma prière faite, je monte à pas de loup dans votre chambre. O bonté du ciel! cette belle personne que vous avez recueillie et qui s'était endormie sans façon, au coin de votre feu, c'est mon amie d'enfance, c'est une sœur, ma chère Guillemette; je l'ai reconnue à son sourire. Elle dormait encore; elle rêvait tout bas, et son beau visage passait par mille transitions de tristesse et de joie; elle était souriante, elle était sérieuse, elle était agitée, elle était calme; elle s'est réveillée enfin sous mon regard qui pesait sur elle, tout chargé des tendresses de mon cœur. Oh! le beau réveil! Elle m'a reconnue, elle s'est jetée dans mes bras, en m'appelant de mon nom de demoiselle : Florise! Florise! O ma chère Guillemette, lui ai-je dit, la tenant embrassée, que te voilà devenue belle! Et bien à plaindre! a-t-elle repris en poussant un petit soupir de componction. Et pourquoi tant à plaindre, ma Guillemette? Parce que, ma Florise!... Elle a dit ce *parce que* avec une malice inimitable. Eh! lui ai-je dit à mon tour, comme te voilà faite, bon Dieu! tout en loques! Et qui donc t'a déchirée ainsi? —Les ronces du chemin de la vie! a-t-elle répondu en riant. Puis, voyant où elle était, elle a rougi, mais sans trop de honte, affaire de rougir. En même temps elle s'est retirée, comme elle a pu, de votre immense robe noire, qui jamais ne contiendra, je vous jure, une créature plus éloquente; et comme elle tirait un bras, une jambe et l'autre jambe, nous avons ri elle et moi! Elle était fâchée de rire, et cependant elle riait! Elle vient de faire une démarche grave, mais au fond elle ne paraît ni bien malheureuse ni bien triste. Elle a plié votre gagne-pain avec autant de soin qu'une robe de soie, ôtant les plis de la nuit passée, et elle l'a déposée sur une chaise! Elle a vu votre petit souper tout préparé, et

comme elle avait faim, nous avons tout croqué de nos
dents blanches : les noix sèches, le pain rassis, les rai-
sins sans jus, les oranges ridées comme le raisin; nous
avons bu votre eau fraîche dans votre tasse ébréchée, et
nous avons respecté votre vin à couper au couteau. Fi!
monsieur! appeler cela du vin! — Ah! lui ai-je dit, tu
n'es pas tombée chez un avocat, mais chez un anachorète,
ma chère Guillemette!—Il est vrai, a-t-elle dit en buvant
un grand coup de votre belle eau, que nous déjeunons
mieux que cela à l'Enfance... Et regardant autour d'elle
l'ameublement de votre Louvre : le crucifix à votre chevet, le bénitier au pied de votre lit, le portrait de votre
mère sur la muraille, entre deux thèses imprimées sur
satin... du si beau satin! et sur votre bureau de cuir votre *Somme* de saint Thomas et vos *Pandectes* : — Le
brave garçon! a-t-elle dit.

« — Elle a dit : *Le brave garçon!* dame Françoise;
et après? — Après? On n'a plus parlé de vous; mais on a
fait une grande toilette. J'ai été la femme de chambre de
ma chère Guillemette! Je lui ai prêté mon beau jupon des
dimanches, ma robe en siamoise brune, mon bonnet à la
Montespan, mon mouchoir de linon brodé et, ainsi vêtue,
il est impossible de rien voir de plus charmant. Je l'ai
laissée qui se regardait un peu au miroir, et je suis des-
cendue pour vous attendre et pour vous dire... d'aller
vous promener, et que nous vous rappellerions si nous
avions besoin de vous! »

Là-dessus du Boulay s'en fut se promener, à moitié
content, dans le voisinage de la terrible maison d'où la
victime s'était échappée; car il ne faisait pas un doute que
Guillemette ne sortît de quelque affreux *vade in pace!*
comme on en trouve dans toutes les histoires du couvent.
Chose étrange cependant! à l'extérieur de cette terrible
citadelle, rien ne semblait changé. Les portes de l'Enfance
étaient ouvertes, et sous le péristyle, pareil au péristyle
de quelque temple d'Esculape, arrivaient les malades, les
affamés, les affligés, ces malades de l'âme; et toute plaie

était pansée, et la faim était apaisée, et l'âme en peine s'en
allait consolée et encouragée de quelques bonnes paroles.
Arrivaient en même temps, leur *croix-de-dieu* sous le
bras et leur goûter dans leur panier d'osier, les jeunes
petites filles, heureuses de retrouver dans le bruit de l'é-
cole tant de patientes institutrices qui leur apprenaient,
par leur exemple, à ne pas séparer l'amour de Dieu et
l'amour du travail; ou bien c'était quelqu'une de ces filles
de Jésus-Christ qui s'en allait en toute hâte, à pied ou à
cheval, à la recherche de misères lointaines que retenait
loin d'ici la maladie ou la vieillesse! Qui dirait que ce
soit là une maison de violence et d'injustice, murmura à
part lui l'avocat stupéfait, ou plutôt ne dirait-on pas une
ruche active et remplie du miel le plus pur de la bienfaisance et de la charité? »

Mais au fond de cette maison, si calme en apparence,
maison entourée de ces bénédictions et de ces louanges,
madame de Mondonville, repliée sur elle-même, se sentait perdue et se demandait ce qu'elle allait devenir. Elle
savait la fuite de Guillemette, et Guillemette emportait
des secrets terribles! Par quel malheur, par quel malen-
tendu funeste cette fille, qui était son bras droit, avait-
elle franchi la haute muraille? Et comment faire, maintenant, pour arrêter le bruit, le scandale, l'interrogation
de cette ville d'inquisition politique, d'inquisition religieuse? La supérieure était donc en grand trouble, et elle
comprenait plus que jamais à quel point lui manquait le
courage et le conseil de M. de Ciron! Ah! c'était bien la
peine d'avoir été jusqu'alors si prudente et si sage, d'avoir
établi autour de sa personne un ordre si excellent et si
parfait, d'avoir inspiré à tant d'esprits si divers, à tant
de volontés si différentes, ce dévouement profond, cette
abnégation sans bornes, ce mystère de toutes choses,
pour voir s'écrouler en un clin d'œil le fragile édifice de
tant de travaux et d'espérances! en effet cette Guillemette
de Prohenque appartenait aux meilleures familles de la
cité; elle était éloquente autant que belle; elle avait des

amis, elle avait des serviteurs; mieux encore, même
après sa retraite, elle avait été bien souvent demandée en
mariage, et par de grands partis, et enfin elle était la
confidente des projets, des ambitions, et que sait-on? des
crimes même de l'Enfance! Et quand Toulouse appren-
dra que mademoiselle de Prohenque s'est enfuie, de nuit,
par la muraille franchie; et quand elle se montrera, prête
à répondre à qui l'interroge, quelle défense opposer à
l'accusation? comment faire pour empêcher, tout au
moins, le magistrat de pénétrer dans ces demeures fermées, et si la maison est ouverte une fois, comment retrouver jamais la bonne renommée, et l'estime, et le respect? Telles étaient les douleurs muettes de cette femme;
elle était comme un malheureux tombé dans un grand
fleuve, et qui se noie, et qui ne sait à quel brin du rivage
se rattacher.

Elle était si profondément perdue et abîmée dans sa
pensée, qu'elle ne voyait pas une admirable enfant, ou
plutôt une jeune personne d'une douzaine d'années, assise
à ses pieds, et qui la contemplait avec un de ces regards
mêlés de larmes, de joie et de ces tendresses infinies que
le bon Dieu a créées dans l'âme de ses enfants, comme
la seule récompense, même divine, qui fût à la hauteur
des tendresses maternelles. Mademoiselle d'Hortis, sauvée
par sa seconde mère, adoptée par elle, était devenue, en
grandissant, l'orgueil de madame de Mondonville, et désormais son unique espérance; éclatante et fraîche jeunesse, entourée d'ingénuité et de grâce, elle méritait, elle
justifiait toutes les préférences; aussi, dans un moment
d'imprudence ou d'enthousiasme maternel, la supérieure
perpétuelle de l'Enfance avait-elle proclamé mademoiselle
d'Hortis l'héritière légitime de son spectre, oubliant un
peu trop vite les services de mademoiselle de Prohenque
et les promesses qui lui avaient été faites. Puis, comme
Guillemette s'était fâchée, madame la supérieure avait
appelé à son aide, d'une façon nette et formelle, les droits
qu'elle tenait du roi, du parlement et du pontife; elle

avait été plus loin, elle avait voulu châtier ce qu'elle
appelait une *rébellion*, elle avait enfermé Guillemette,
et Guillemette s'était enfuie une belle nuit! Royaumes
disputés, autant que tous les autres royaumes de l'univers, ces monastères, où la première place était tout, où
la seconde place était comptée pour rien!

Vous voyez que nous prenons le parti de mademoiselle
de Prohenque, et vraiment elle en vaut la peine. Elle
était d'abord faite comme la Vénus d'Arles, enfouie, en
ce temps-là, dans le sépulcre dont ce beau marbre devait
sortir, éclatant d'une jeunesse de deux mille années, l'âge
d'Homère; elle appartenait, tout comme madame de Mondonville, à une famille parlementaire, et lorsqu'elle consentit à l'aider dans l'administration de l'Enfance, ce n'é-
tait pas, et tant s'en faut, qu'elle fût embarrassée de sa
personne. Au contraire, elle avait un peu de bien, et
beaucoup d'esprit en partage; si elle avait renoncé aux
pompes et aux œuvres de Satan, c'était du plus loin qu'il
lui en souvenait, le jour de son baptême, par exemple, et
elle en avait oublié quelque chose; non pas que ce ne fût
une fille profondément honnête, mais elle était vive, innocente et galante tout ensemble, à qui deux ou trois
amoureux n'auraient pas fait peur. Ainsi, tout bien
compté, elle était entrée à l'Enfance sur de grandes promesses et de grandes espérances, moitié dominée et moitié par l'envie de dominer à son tour; mais sa vraie et
sincère inclination était pour le siècle; elle se sentait
créée pour les fêtes de la jeunesse, pour les triomphes de
la beauté, et ce qui l'avait séduite dans l'Enfance, c'était
cette liberté même, cette abondance, cette parure, ce bon
goût, ce mélange d'affaires, de combats, de résistances,
ces vastes projets dont elle était la dépositaire, cet intime
orgueil de faire repentir le roi Louis XIV qui ne savait
pas qu'il existât, sous le soleil, une Guillemette de Prohenque!

D'autre part, madame de Mondonville avait promis à
cette intelligente de lui donner une grande part d'autorité

avec toute sa confiance. Ainsi, dans les commencements
de leur association, madame de Mondonville l'appelait sa
fille; mais, de bonne foi, une fille de dix-huit ans, c'est
beaucoup imposer, même à l'abnégation d'une vraie et
sincère religieuse de l'âge de notre *supérieure*. Une enfant de douze ans était mieux le fait de sa vanité et de son
cœur, et elle n'avait pas tardé à transporter ce doux titre
filial sur la tête bouclée de Marie d'Hortis; de là un invincible ennui pour Guillemette, et bientôt un désir immense de briser les chaînes qui lui pesaient, et enfin les
luttes entre ces deux femmes, l'une qui aspire à l'indépendance, l'autre qui défend son autorité absolue, souveraine, immuable; celle-ci insolente et révoltée contre
une domination injuste, celle-là violente et superbe, et
cachant mal son indignation et sa colère contre cet obstacle imprévu, deux beaux orages qui se heurtaient silen-
cieusement dans un ciel changeant et troublé!

Certes, madame de Mondonville avait raison de trembler, et son épouvante eût redoublé si elle avait pu voir,
sur les deux heures de l'après-midi, l'avocat du Boulay
introduit par dame Françoise auprès de mademoiselle de
Prohenque, et ces trois têtes, dans un seul et même bonnet d'avocat gascon, méditant la ruine de l'Enfance.
Cependant, soit que la jeunesse de son défenseur ne lui
inspirât pas toute confiance, soit qu'elle visât au coup de
théâtre, ce qui est un peu l'ambition de toutes les femmes,
ou même par suite de cette réserve et de cette prudence
qui surgissent de la vie en commun et qui ont produit,
du fond des cloîtres, tant de grands hommes politiques,
la fugitive de la nuit passée refusa de dire son secret à
son conseil. « Maître, lui dit-elle, soyez en repos, et
laissez dormir votre éloquence! Je tiens là (frappant son
front) en réserve les faits et les moyens de ma cause;
faites seulement, messire, que dans une maison que vous
choisirez, en présence d'hommes experts, considérables
et quelque peu théologiens, je sois interrogée sur les
doctrines religieuses de l'Enfance, et vous verrez si

j'étais indigne de me couvrir de cette vénérable robe
d'avocat que Dieu conserve et rende illustre! Allez! pré-
venez mes parents, mes amis, M. le viguier, et si,
chemin faisant, vous rencontrez quelque révérend père de
la société de Jésus, amenez-le... Et puis si nos doctrines
ne suffisent pas à renverser cette injuste maison, je...
Mais d'où vous viennent ces livres de mécréants? Où donc
avez-vous ramassé cette affiche, messire? Quoi! des
pamphlets contre le roi, et pas un Saint-Augustin chez
vous? » Et Guillemette riait d'un petit sourire qui ne
signifiait rien de bon.

« — C'est une affiche, ce sont des livres que je portais
chez M. l'intendant lorsque je vous ai rencontrée hier, répondit l'avocat à voix basse. Depuis quelque temps déjà
notre ville, notre province sont inondées de publica-
tions clandestines et dignes du feu... Pourtant ce serait
grand dommage de brûler ces petits livres; le papier
en est beau, les caractères ressemblent beaucoup aux
caractères d'argent du château de Richelieu, et enfin, si la malice y abonde, l'esprit n'y manque pas.
— Oui-da! reprit Guillemette en ouvrant un de ces li-
vrets avec le soin et la curiosité d'un amateur, il paraît
que vous vous y connaissez, messire! Voyez-moi cette re-
liure! C'est fait à la hâte, et c'est bien fait! On y sent
moins le travail que la division même du travail. La
tranche est droite, les nerfs sont vifs, la tranche-file est
élégante, le filet est bien tiré, le papier est bien battu; on
ne relie pas mieux à Port-Royal les livres de *messieurs!*»
En même temps elle ouvrait le précieux volume d'un
doigt bien appris, et de sa voix moqueuse elle lisait tout
haut : « On peut prouver, par bonnes raisons, que l'E-
glise jésuitique ne croit ni au Père, ni au Fils, ni au
Saint-Esprit; cette Eglise enseigne et pratique une morale
et des maximes dont tous les hommes qui sont sur la terre,
même les plus pervers et les plus dénaturés, auraient une
extrême horreur s'ils les connaissaient. Elle exerce une
tyrannie si énorme sur la conscience des hommes, que tout

ce qui a jamais été fait ou pensé par les plus violents et les plus cruels tyrans n'en a pas approché *. »

Ici Guillemette ferma le livre. « Ah! ah! dit-elle, la lecture et les bons livres pour M. l'avocat en parlement! Avocat pendu, avocat brûlé, et les cendres des livres et les cendres du propriétaire jetées aux vents, afin que les bonnes âmes puissent respirer tout à l'aise l'attaque et la défense, le poison et le contre-poison! » Elle riait, elle était charmante; la bouderie et la tristesse avaient abandonné tout à fait ce beau visage; ces deux grands yeux d'un iris changeant se remplissaient tour à tour de flammes bleues et de flammes noires, passant de la tendresse à la haine, de l'ironie à la bonté, du souvenir de son ennemie à la contemplation rapide de ce timide jeune homme, son amoureux! C'est ainsi que cette fille, qui s'endormait hier au foyer d'un inconnu, vaincue par des colères effacées à demi, s'était réveillée ce matin, semblable à l'alouette matinale, tantôt dans le sillon et tantôt défiant le soleil; non, rien n'était vif, alerte, coquet, jaseur, silencieux, animé à bien dire, éveillé comme cette belle personne oubliée au chevet des malades, au lit des infirmes, où elle était occupée à panser des cancers, à entendre râler des agonies, à servir, humble servante aux belles mains royales, des vagabonds hideux, qui, à peine rendus à la santé, retrouvaient, en voyant cette belle garde-malade, les ignobles pensées de toute leur vie. De là un mélange de force et de langueur, de volonté et de nonchalance, de commandement et d'obéissance, de trouble et de décision; jeunesse ôtée un instant de ses sentiers d'aubépines, printemps chargé de frimas, mais la branche fleurie secouait la neige rigoureuse, et la blancheur mortuaire du givre glacial s'avouait vaincue enfin par l'incarnat florescent de l'amandier à son premier parfum. Donc, qui que vous soyez, je puis vous dire qu'il y

* Parallèle du Socinianisme et du Papisme. Toulouse, 1674.

eut, en ce petit moment et dans ce petit coin d'un galetas
poétique, les plus honnètes et les plus ravissantes amours
qui se soient épanouies sous le soleil du Midi. Ainsi, le
chaste sonnet de Pétrarque resplendit en mille floraisons
dans votre glace brûlante, ô Laure de Noves, la gloire de
la poésie italienne et de l'honneur provençal.

Puis, lorsque, semblable à une chevrette échappée de
la maison du meurtre qui se retrouve enfin, bondissante,
au sommet des montagnes, entre le cytise fleuri et le ser-
polet odorant, la belle et naïve Guillemette se fut abandonnée à toute la joie de sa liberté retrouvée et de la
vengeance attendue, et que, plus calme, elle vit ce jeune
homme à ses pieds, une main dans ses mains et les yeux
sur ses yeux, elle retomba peu à peu de l'idéal dans la vie
réelle, et alors, retirant sa main et le regard plus sérieux :

« Il ne faut pas m'en vouloir, dit-elle à ce jeune homme
qui la contemplait comme une de ces visions au delà des
mondes créés, qui n'apparaissent qu'une seule fois au regard des mortels, si je suis folle en ce moment qui va
décider de ma vie entière : j'ai tant souffert! Vous devez
connaître cela, maître, vous qui avez traversé, j'en ai
peur, une enfance laborieuse, une jeunesse contrariée,
un abîme de livres, de veilles, d'études; vous qui avez
marché sans relâche, à travers toutes les épines, du droit
civil au droit romain, du droit canon à la théologie; vous qui
n'avez connu que l'odeur et la lueur de la lampe à l'âge des
fleurs et des sonnets, qui n'avez entendu que les hurle-
ments de l'école à l'heure où chantent les rossignols dans
les bois. Voilà pourtant mon enfance... et voilà ma première jeunesse! J'ai été élevée, moi aussi, au milieu des
disputes; à dix ans je dissertais sur la grâce, à dix ans
j'apprenais saint Augustin par cœur, et, pour me distraire,
les poésies de M. d'Andilly! M. de Saint-Cyran! Voilà la
première tête que j'aie vue à mon chevet et la première
image qui ait frappé mes regards! Si vous saviez quel
triste camarade pour une fille de seize ans! Cet abbé de

Saint-Cyran vous regarde avec les yeux d'un mort, et cependant il plonge dans votre âme pour y chercher,
aveugle! non pas les pensées de la jeunesse, mais des
maximes, des disputes, des dogmes, et toutes les controverses qui ont occupé cet homme de marbre durant sa vie!
Et l'avoir là nuit et jour, éveillée ou en rêve, cet homme
muet qui vous interroge sur un catéchisme de son inven-
tion! C'est ainsi que j'ai été élevée par ma mère, une des
filles de Saint-Augustin et de la mère Angélique! Et pas
d'autre consolation, pas d'autre amitié! Accepter, toutes
faites, ces haines, ces prières, ces formules; adorer ces
martyrs, ces ténèbres! Etouffer son âme, briser son cœur,
faire de sa jeunesse une charpie que l'on jette dans toutes
les plaies! Ainsi j'ai vécu, moins heureuse que cette plante
de romarin qu'on a vue fleurir aux mains d'une morte,
dans un cercueil! Et quand ma mère eut quitté ce monde,
où elle a vécu dans le tremblement et dans l'épouvante,
la sainte femme! qu'ai-je fait, malheureuse? J'ai quitté la
rude maison paternelle, pour passer sous un joug moins
austère, il est vrai, mais plus cruel! O misère! à vingt ans
ne plus savoir qu'obéir, obéir à qui? juste ciel! à une
femme altière, insolente, implacable, qui vous commande
comme une femme commande, et à qui il faut obéir comme
on obéirait à un Dieu! »

Ainsi elle parlait, et, parlant ainsi, elle portait son
histoire dans ses yeux! Non, jamais éloquence plus touchante ne fut plus remplie d'accent et de flamme! Heureusement pour lui que notre ami du Boulay n'était pas
digne encore de comprendre ces paroles, semblables à la
lave du volcan. Cette âme endormie se réveillait à peine;
cet esprit sous les glaces se réchauffait lentement; ce
jeune homme n'avait commencé à vivre que la nuit passée, de minuit à une heure du matin, et encore il vivait
comme dans un rêve! Tant de jeunesse, une si éclatante
beauté, un si poétique désespoir, c'était frapper trop fort,
pour frapper juste, sur ce cœur à demi créé; passer soudain de la nuit profonde au grand jour, sans observer

les lentes transitions du crépuscule et de l'aurore, c'est le
métier des aigles... ou des brutes! Notre ami du Boulay
n'était pas un aigle, encore moins une brute. C'était une
bonne nature, honnête et tendre, tempérante et chaste,
mais une nature plébéienne, attachée à la glèbe, ou, ce qui
revient au même, attachée par les liens de la nécessité à
la vie étroite et rude qu'il faut gagner à la sueur de son
front. Pénible vie, hélas! quand un pauvre homme de talent n'ose regarder en face ni l'amour, ni l'ambition, ni la
fortune, ni les honneurs, les prestiges de la vie et son
excuse! Triste vertu! quand il faut se contenter de l'humilité, comme de la seule vertu à son usage! En présence
de Guillemette, éclatante de toutes les beautés de l'inspiration et de la jeunesse, notre avocat était comme un
homme qui, croyant ramasser un ver luisant, aurait
trouvé une étoile; on lui parlait la langue même du
poëme, il répondait en vile prose, ou plutôt il ne savait
que répondre encore, tant il était peu habitué au langage
des passions humaines dans ce qu'elles ont de tendre et
d'éclatant.

Il faut dire aussi que le poëte, tel qu'il s'est révélé plus
tard, le poëte oisif, n'était pas connu en ce temps-là; on
ne savait rien de cette poésie en l'air, au milieu de la
France d'autrefois; on n'avait pas encore entendu parler
de Roméo aux pieds de Juliette; on savait, en revanche, mademoiselle de La Vallière aux pieds de
Louis XIV. Laissez faire le génie français! René viendra
en son temps, à son heure. Sous le grand roi, nous ne
connaissons que l'amour qui se fait à Versailles! Le roi
d'abord, et quand il a porté sa lèvre à la coupe enivrante,
la lie à qui la voudra! si, par aventure, quelque noble
cœur s'est rencontré pour aimer, dans ce siècle, autre
chose que le roi et la royauté, tenez-vous pour assuré
que ce cœur-là est le cœur d'une femme. Racine lui-même
a fait ses chefs-d'œuvre avec les amours de Louis XIV;
il a laissé de côté ses propres amours!

Toutes ces choses-là furent devinées confusément par

mademoiselle de Prohenque; elle comprit, au regard inquiet de du Boulay, qu'il n'était pas de ces hommes à qui l'églogue même parle la langue des consuls, et alors, en fille habile, elle lui parla tout simplement le petit patois inoffensif de la conversation de chaque jour.

« Vous voilà bien surpris et bien étonné, monsieur, de mon enthousiasme et de mon orgueil! Pardonnez-moi; je suis encore, sans le savoir, sous l'influence de ma fuite et des aventures de cette nuit. Je sais tout ce que vous pouvez me répondre; je sais, aussi bien que vous, qu'une fois hors du monde des vivants, toutes les portes nous sont fermées, qui ne sont pas les portes d'un cloître, et j'allais, en effet, implorer l'hospitalité des dames ursulines, lorsque vous m'avez tendu une main généreuse, au risque des plus grands embarras. »

À ces paroles, maître du Boulay retrouva enfin cette présence d'esprit qui, jusqu'à ce jour, ne lui avait jamais fait défaut. Il répondit comme il devait répondre, non pas, certes, à la Galatée de l'Enfance, à l'oiseau qui déploie enfin ses ailes brillantes au soleil, mais à une fille honnête et sage et qui demande justice! Il oublia l'hôte charmant de sa mansarde pour ne plus voir que la cliente, bien apparentée, qui lui apportait une grande cause à défendre; en un mot, il ne fut plus que du Boulay l'avocat mais un avocat dévoué, courageux, ne songeant plus qu'à entreprendre une lutte difficile, et sans trop s'inquiéter s'il y laissera ses frêles espérances pour l'avenir!

Les choses étaient à peine convenues entre lui et sa cliente, que rentra, tout courant, dame Françoise. « M. l'intendant, dit-elle à l'avocat, en regardant Guillemette, attendra ce soir mademoiselle de Prohenque et maître du Boulay chez M. le viguier! » Et comme elle voyait Guillemette pâlir : « Allons! fit-elle, prends courage! J'irai avec toi, mon enfant!

« — Donc, à ce soir, mon cher défenseur! » dit Guillemette. En même temps elle lui faisait une belle révérance de congé; puis, restée seule avec son amie d'en fance, elle se jeta dans ses bras, et, sans trop se rendre compte de leurs larmes, ces deux jeunesses se prirent à pleurer.

XI

M. de Foucaut était, nous l'avons dit, en l'absence de M. d'Aguesseau rappelé à Paris, intendant par intérim du Languedoc, et comme M. le prince de Conti venait de mourir, le gouvernement de la province avait passé au vieux duc de Verneuil, placé là tout exprès pour céder la place, quand il en serait temps, à quelque jeune prince en quête d'un gouvernement, à M. le duc du Maine, à peine au monde, par exemple, tant était grande et pater-ternelle la prévoyance du roi pour ses moindres enfants.

La position de M. de Foucaut, en l'absence des grands pouvoirs du Languedoc et au milieu de ces troubles sou-dains, de ces révoltes inconnues, était une position des plus difficiles, pleine de responsabilité et de périls. Il aimait, il honorait de toutes ses forces, et depuis long-temps, les évêques persécutés; il était quelque peu l'allié de M. l'évêque d'Alet; il était l'ami personnel de M. l'évê-que de Pamiers. Il avait accepté, comme tous les bons catholiques, les remontrances de ces deux pères de l'épis-copat, et quand Sa Sainteté avait évoqué ces remon-trances à son consistoire, il avait été des premiers à ap-plaudir à l'intervention paternelle du Vatican. Mais l'orgueil royal avait refusé l'intervention du pontife; les brefs du pape étaient cassés; les évêques étaient en pri-son; du droit de régale, les gens du roi avaient passé à d'autres droits de la couronne pontificale, à ce point que l'opposition du roi et des parlements au chef de l'Eglise approchait de l'hérésie. En même temps avaient éclaté les

désordres dont la ville était remplie, et dans ce trouble
unanime de toutes les consciences, en l'absence d'une main
ferme et d'un esprit décidé, les magistrats de la ville et
de la banlieue de Toulouse pouvaient tout redouter,
même une sédition. Bien plus, le parlement de la province avait manifesté quelques doutes sur la légalité de
certaines amendes imposées aux mécontents, à ce point
qu'il fit rendre un cheval que les huissiers du roi avaient
confisqué sur un non-régalien : « Ce qui était un arrêt de
la dernière insolence, disait plus tard M. de Colbert,
puisque c'était casser votre édit; et alors Votre Majesté fit
dire au premier président qu'il fallait casser cet arrêt ou
s'attendre à en voir retomber la punition sur la compagnie; de quoi aussi furent prévenus votre procureur général et vos avocats généraux, et, tous s'étant piqués d'hon-
eur, le parlement, après avoir tâché d'esquiver cet
ffront, cassa lui-même ce qu'il avait fait! » A ce compte,
ersonne ne fut puni, excepté le vice-président, M. de la
errasse, qui avait rendu le premier arrêt et qui fut sus-
endu de ses fonctions.

Or, ce soir-là, se trouvait justement, dans le salon de
. le viguier ce même président de la Terrasse, qui n'é-
ait plus que conseiller d'honneur au parlement; homme
e mœurs austères et d'une âme tendre, très-bon chré-
ien et assez mauvais politique, grand partisan de l'En-
ance et de madame la supérieure dont il admirait l'es-
rit et les beaux yeux. M. de la Terrasse était, en ce
oment, dans toute sa ferveur d'indignation contre M. le
remier président, François de Clary, qui avait obéi aux
rdres de la cour, et comme M. de Clary venait d'entrer
la viguerie, M. le conseiller d'honneur paraissait ab-
rbé par une longue dissertation philosophique entre
IM. de Tourreil et de Campistron, pendant que le révé-
end père et docteur de Valderame, prieur du couvent de
aint-Augustin, et le révérend père Jacques Rébullosa,
e l'ordre de Saint-Dominique, causaient mystérieuse-
ent dans un coin, et que la revêche madame de Fieu-

bet se vengeait sur son mari (vengeance permanente) de tous les hommes qui lui avaient fait attendre un mari si longtemps. Peu à peu arrivait, d'un pas plus hâté que d'habitude, la meilleure compagnie de la ville, en hommes et en femmes : Madame de Puibusque, qu'on appelait *la Belle* autrefois; la jolie madame de Basin, et sa fille, déjà grandelette; messire Jean de Baraigne, un abbé de velours gris et à ramages, comme une Eminence; le chevalier Jean de Matignac, chevalier de Malte; M. et madame Laurency (qui voyait l'un voyait l'autre!) M. Raymond Serène, docteur en droit civil, et le frais licencié en droit, Arnauld de Rosergio, l'attentif de madame Bernard de Maillac.

Dans cette réunion, que nous appellerions une réunion brillante si nous l'osions, un homme se tenait à l'écart; c'était un vieillard de soixante-dix ans, en cheveux blancs, noble visage doucement éclairé par deux grands yeux bleus, d'un bleu pâle et souffrant; ce vieillard n'était autre que le savant abbé Dorat, archiprêtre d'Aix. Très-compromis lui-même dans les affaires du temps présent, il avait senti se rallumer dans son vieux cœur l'ancienne flamme des vieilles disputes religieuses, sa joie et sa gloire d'autrefois, et il accourait, prêt à conduire au martyre nouveau ses frères des persécutions passées, disant que le ciel appartient à ceux qui le ravissent, et que le chemin escarpé de la montagne vous mène plus vite au sommet... La persécution nouvelle qui s'étendait, en ce moment, sur les églises du Midi, semblait avoir oublié l'abbé Dorat, et il s'en vengeait en défendant de toutes ses forces les persécutés et les proscrits.

Il n'est peut-être pas inutile de vous dire que M. le viguier appartenait corps et biens au roi et au père Lachaise, son confesseur; il était absolument, en homme prudent et sage, de la religion de Sa Majesté, ni plus ni moins catholique, apostolique ni plus ni moins; c'était, au demeurant, une belle âme, sinon une bonne âme; opprimé par les nécessités présentes et par les promesses

à venir. Au reste, cette charge de viguier était considéra-
ble; elle conférait la noblesse; M. le viguier était le chef
des capitouls, qui prêtaient serment entre ses mains, il
était le juge ordinaire de la ville et viguerie de Toulouse;
il rendait la justice dans son palais même, situé sur la
place de la Daurade, sombre maison qui tenait du tribunal, de la prison et du couvent. M. le viguier s'appelait,
en ce temps-là, le baron Pierre Arnaud du Pont.

Le salon était vaste; sombre était le vestibule, l'escalier
immense, l'ameublement rare, la réunion sérieuse. On
parlait à demi-voix, chacun se tenait à sa place, attendant
son tour, et s'y prenait à deux fois avant de faire une interrogation à son voisin. Madame la baronne Pierre Arnaud du Pont, une prude, était une Prohenque, la cousine
germaine de Guillemette de Prohenque, et, quand elle
vit entrer chez elle sa jeune parente, qu'elle croyait à cette
heure dans la maison de l'Enfance, madame la viguière
devint pâle comme la mort. Elle n'aimait pas cette jolie
et pimpante cousine; elle avait tremblé longtemps sous le
feu de ce regard moqueur, de ce sourire insolent, et elle
ne s'était quelque peu rassurée qu'en la voyant dans cette
demi-clôture! Guillemette! Etait-ce bien Guillemette,
dans cette robe un peu courte, dans ces souliers à talons,
sous ce bonnet à la Fontevrault qui sentait quelque peu
la grisette endimanchée? Il fallut bien reconnaître que
c'était Guillemette et lui tendre une joue dédaigneuse!
Ainsi firent les autres dames, très-étonnées de cette apparition, d'autant plus que dans l'ombre voisine de la
porte se tenaient dame Françoise et l'avocat du Boulay!
Dans le coin opposé, madame l'élue et madame la baillive
jouaient au piquet; deux conseillers jouaient aux échecs,
tout à l'extrémité, entre les deux fenêtres, s'agitait le cor-
net d'un tric-trac.

Mademoiselle de Prohenque, assez mal reçue par ces
dames, fut mieux accueillie par ces messieurs; M. le viguier l'appela sa cousine; M. le conseiller d'honneur lui
offrit un beau compliment, tout frais cueilli sur l'Hélicon

du Languedoc; M. l'intendant la salua, d'un grand air de mystère, sans oublier d'accorder un signe de tête à ce pauvre M. du Boulay! L'infortuné! il avait arrangé toutes choses pour faire son entrée dans un tribunal... on le menait dans un salon !

La conversation, un instant indécise, se trouva bientôt lancée en pleine théologie; car, à tout prendre, c'est toute la philosophie, disons mieux, toute la politique du dix-septième siècle. Pas un homme de quelque importance dans l'Etat, dans l'armée, dans les lettres, qui ne fût très-instruit dans ces questions qui agitaient le monde, et qui n'en parlât sérieusement, car les hommes ne plaisantent guère que des choses qui les touchent peu. M. le prince de Conti a fait un livre de théologie; M. le prince de Condé a soutenu sa thèse en Sorbonne; Bossuet, à dix ans, improvisait un discours de théologie en plein hôtel de Rambouillet; vous verrez plus tard M. de Bussy, le vif et charmant esprit, après avoir épuisé les licences de la moquerie la plus ingénieuse et la plus salée, se convertir aux études les plus édifiantes. Dans tout ce grand siècle se fait entendre la théologie aussi haut que la poésie elle-même; le petit bourgeois passe sa vie à l'église, dans les sacristies, dans les conférences; ses plus grandes distractions se composent d'un beau sermon à entendre, d'une belle procession à préparer. Quoi d'étonnant? Les uns et les autres, ils s'étaient battus naguère pour des opinions religieuses, sans compter le marquis de Louvois, le terrible missionnaire qui déjà préparait ses dragons.

Dans l'intervalle arrivèrent, d'un pas silencieux, le père Rauchin et le père Housset, deux hommes importants de la société de Jésus : le premier, qui était la prudence en personne; le second, non moins habile, qui, avec les plus limpides dehors de la plus insigne piété, trouvait le moyen de mentir, même en disant vrai. Ces habiles gens n'avaient pas été les derniers à deviner les progrès cachés du jansénisme dans cette ville qui leur avait appartenu si longtemps et sans conteste, et même un des

leurs, un jésuite naissant, mais réservé aux plus violentes
entreprises, le père Ferrier, avait indiqué, le premier, à
la sollicitude de ses frères, la maison de madame de Mondonville, comme un lieu dangereux pour leur influence;
bien plus, s'il n'avait pas exigé l'exil de M. de Ciron, le
père Ferrier pouvait s'avouer à lui-même qu'il n'y avait
pas nui!

Les deux jésuites prirent place, non loin de M. de Foucaut, l'intendant, qui semblait les attendre avec une certaine impatience. En ce moment la conversation baissa
d'un ton (l'instant était décisif), et tous les regards se por-
tèrent, inquiets, soupçonneux ou irrités, sur mademoiselle de Prohenque, la pauvre Guillemette, qui semblait
perdue au milieu des plus tristes et des plus profondes
réflexions. « Voilà donc, se disait-elle, l'accueil qui m'é-
tait réservé dans ce monde où je ne devais rencontrer que
des amis ou des parents prêts à me recevoir? » En même
temps elle comparait la froideur de ce salon, voisine de
l'insulte, à la bienveillance qu'elle avait rencontrée à l'Enfance! Là, elle régnait au milieu de la vie active, des loi-
sirs occupés, des bonnes œuvres abondantes! là, elle était
entourée d'estime, de bénédictions et de louanges, chaque
instant de la journée lui apportant une émotion nouvelle!
Et dans la rue une foule attentive, et dans les champs les
grâces et les sourires, et partout l'abondance, la considération, la fortune! Ainsi songeait Guillemette; et, dans le
lointain, elle revoyait madame de Mondonville, non plus
irritée, non plus insolente, mais attristée, insultée, expo-
sée à toutes les enquêtes! En ce moment elle entendit
M. de Foucaut qui lui disait : « Vous plairait-il, mademoiselle, nous accorder un moment d'entretien? »

Sous le coup des regards qui l'entouraient mademoiselle de Prohenque ne rencontra de sympathie et de bienveillance que dans les yeux du père Dorat, bienveillance
mêlée de reproche, sympathie mêlée de tristesse! Les deux
jésuites tenaient les yeux baissés; le père Ferrier semblait
occupé à regarder par la fenêtre dans la cour; les femmes

jouaient de l'éventail, et les plus vieilles tricotaient le bas
de Pénélope, pendant que M. le président de la Terrasse
cherchait en lui-même par quel moyen conjurer l'orage
qui menaçait la maison de l'Enfance, et que maître Rémond
Serène et son collègue Rosergio semblaient épeler leurs
devoirs dans les yeux de M. le premier président. En un
mot, l'anxiété ne pouvait guère aller plus loin; seul, peut-
être, parmi tant d'esprits inquiets et secrètement agités,
maître du Boulay, semblable au juste d'Horace immuable
sur les débris de l'univers, se sentait sûr de lui-même et
de ses destinées, tant il comprenait, au fond de l'âme,
l'autorité de la parole humaine. En ce moment, Guillemette, oubliée, s'appuya, un peu plus qu'il n'eût fallu
peut-être, sur le bras de son intrépide défenseur, et du
Boulay, prenant la parole, raconta, en bons termes, les
aventures de la nuit dernière, à savoir, le ballot de pamphlets, l'affiche collée sur les portes de la cathédrale, mademoiselle de Prohenque franchissant les murailles de
l'Enfance et se réfugiant chez madame Françoise, la
femme du chirurgien! A mesure qu'il parlait, redoublait
l'attention de l'auditoire; on n'entendait plus que le bruit
de ces cœurs et le souffle de ces poitrines haletantes! Mais
aussi plus l'intérêt de l'assemblée allait en augmentant,
et plus Guillemette comprenait quelle grande brèche elle
allait ouvrir dans la bonne renommée et dans les hautes
murailles de sa maison d'adoption.

Quand du Boulay eut parlé, ce fut, parmi ces hommes
si divers, un immense désir d'interroger mademoiselle
de Prohenque, tant l'interrogation était un grand art
parmi ces criminalistes du parlement et de l'Eglise. Si le
père Dorat eût été le maître de prendre la parole, il était
sûr de ramener habilement la fugitive Guillemette sous le
toit qu'elle avait abandonné; au contraire, soumettez cette
fille égarée et furieuse à la voix, aux regards, aux questions même les plus indifférentes du père Housset, ou
seulement du père Rauchin, la supérieure de l'Enfance est
perdue! Heureusement que M. de Foucaut se chargea de

l'interrogatoire de Guillemette; et le maladroit! quand il
devait aller droit au fait, droit à la rancune et à la vengeance de cette fille déjà hésitante, il prit le détour, comme
eût pu faire un criminaliste novice, allant méthodiquement
du connu à l'inconnu, procédant par de mesquines insi-
nuations, donnant à la personne interrogée le répit, l'arrêt,
la réflexion! En un mot, il ne sembla pas se douter, un
seul instant, qu'il s'adressait à une honnête fille, très-
intelligente et très-bien née, qu'animait l'esprit de Saint-
Cyran, et qui ne pouvait pas se laisser demander, par
exemple, si elle vivait dans la honte et dans l'hérésie!

« Non, monseigneur, dit-elle, et je suis fâchée de n'a-
voir pas été comprise! Il n'y a ici ni honte, ni hérésie! Il
y a une fille entourée de ses amis, non de ses juges, qui
n'est liée par aucun vœu, qui s'est enfuie d'une maison à
laquelle nulle force ne l'attache, dans un moment de dépit
qu'elle croit juste, et qui s'estimait heureuse de pouvoir
expliquer, dans une causerie intime, en présence de gens
qu'elle honore, et sans tant d'interrogations inutiles, pourquoi elle était partie un peu à l'aventure! Mais, au fait, la
chose ne valait pas cette solennité. »

M. de Foucaut, à la réponse de Guillemette, aussi bien
qu'à l'attitude des trois jésuites, comprit à demi qu'il était
dans le guêpier; et, comme il arrive le plus souvent, il
ne fit qu'augmenter le guêpier au lieu d'en sortir.

« Pardonnez-moi, dit-il à mademoiselle de Prohenque,
si je me suis mal expliqué. Lorsque j'ai parlé de honte
et d'hérésie, à Dieu ne plaise que je veuille accuser
en rien l'orthodoxie et l'honneur de la maison d'où
vous sortez; je parlais seulement, et encore *doctri-
naliter*, non *juridice*, c'est-à-dire par forme de discours,
et non autrement, de ces livres, de ces brochures, de
ces affiches rencontrés, en même temps que vous, dans
les rues écartées de notre ville! Vous savez si les honnêtes gens et les vrais chrétiens ont en horreur ces
délits et ces crimes; si notre province en est sérieusement attristée; s'il n'y a pas un grand danger pour tous

les bons sujets du roi de mêler méchamment le peuple de France à ces démêlés avec l'Eglise! Quels plus terribles discours, en effet, que ces discours de *Jacques Bonhomme* avec son compère le crocheteur? Quelles facéties plus scandaleuses que les comédies de maître *Pierre du Coignet* et de maître *Guillaume*, et n'est-ce pas faire descendre la dispute aussi bas et aussi cruellement qu'elle peut descendre, de la façon la plus funeste et la plus perverse, et dans les âmes les plus dangereuses et les plus perverties? Or, voilà justement ce qui nous inquiète, mademoiselle; voilà ce que nous voulons savoir de votre loyauté, et si jamais, allant et venant comme vous faites d'un bout de la ville à l'autre, et dans tous les lieux obscurs, le hasard vous a mise sur la voie et le secret de ces fauteurs d'iniquités, je vous adjure de nous le dire, au nom de Dieu!... » Puis comme Guillemette hésitait, il ajouta : « Je vous le commande au nom du roi! »

Au nom du roi! fut de trop. Mademoiselle de Prohenque n'avait pas été élevée, tant s'en faut, dans la soumission, sans contrôle, de cette royauté adorée, dans ce dévouement absolu à la volonté absolue, quand cette volonté était contraire au droit des gens, au droit apostolique, aux canons des conciles généraux et universels, aux choses qui tiennent immédiatement de Dieu et de la conscience! On ne lui avait pas dit (c'était pourtant la leçon et la religion de la majorité des sujets de Louis XIV) : Le successeur légitime de saint Louis et de Philippe le Bel, de Charles V et de Louis XI, de Louis XII et de Henri IV, a le droit d'abolir d'un mot, d'un signe, tous les droits de l'Eglise universelle : pragmatiques, bulles, sanctions, statuts, conciles œcuméniques, en un mot toutes les lois établies par tant de siècles d'obéissance catholique! On ne lui avait pas enseigné (c'était pourtant tout l'enseignement des écoles, hors de Port-Royal,) que la majesté des rois était une infusion de la majesté divine, que Dieu lui-même a proclamé leur autorité au plus haut des cieux et par toute la terre, et qu'il les a doués, presque toujours, des vertus suffisantes à bien porter la couronne! Encore moins pouvait-elle se douter que la volonté du roi était la règle unique. Oui (c'était la doctrine, et nous la racontons comme on mettrait sous les regards d'un antiquaire studieux quelque vieille médaille retrouvée au fond d'un puits), le roi est le maître! Il fait les lois, les rangs, les prérogatives, et comme il les a faits, il peut les détruire; tout privilége vient de lui seul, il le donne et il l'ôte à son gré; il est au-dessus de tout, il règle tout, il peut tout. L'ordre, la grandeur, le lustre, la considération, la gloire, la sûreté, la fortune et le maintien de la France, la France qui est son royaume, sa terre, sa chose, dépendent de lui et de lui seul! Nous le disons donc, à la louange de qui de droit, ces idées courantes, qui étaient comme le sang et l'âme de la nation française, n'étaient pas entrées dans l'esprit de mademoiselle de Prohenque; elle avait été élevée à des écoles moins complaisantes, dans lesquelles on lui avait enseigné, tout d'abord, une royauté soumise aux lois, une justice qui dominait la couronne elle-même, des libertés aussi claires que le soleil! « Surtout, disait Port-Royal avec saint Paul, conservez avec soin la forme des saines paroles : *Formam habe sanorum verborum!* c'est-à-dire évitez la nouveauté profane, évitez la flatterie honteuse, évitez l'esclavage de l'âme; que votre cœur ait foi à la justice, si vous voulez que votre bouche confesse le salut! » Elle savait donc, par la forme même des paroles avec lesquelles on l'interrogeait, qu'au *nom de Dieu!* c'était assez dire; qu'au nom du roi, elle était la maîtresse de ne pas répondre. C'est ainsi que cette noble fille, emportée un instant par un impérieux besoin de liberté et de vengeance, se repliait sur elle-même et revenait peu à peu sur ses pas.

Déjà même elle se lassait de ces interjections, de ces regards, de ces murmures, de ces silences! Etonnée, interdite, éperdue, elle regardait, l'un après l'autre, chacun des hommes qui l'interrogeaient avec tant de hâte et d'insistance, et en présence de ces têtes violentes, implaca-

bles ou froides, à l'aspect de ces docteurs de Saint-Dominique, sous le regard immobile du père Ferrier, elle se
demandait, tremblante, si en fin de compte, sa vengeance
ne dépassait pas toutes les bornes, et si elle n'allait pas
commettre une immense lâcheté, une ingratitude énorme,
en donnant tant de joie à ces gens-là? Le père Ferrier lui
faisait peur; elle était mal à l'aise sous le regard patelin
du père Housset; quant à M. l'intendant par intérim,
elle eût été toute disposée à le traiter avec le sans-gêne
d'une belle fille d'esprit qui se trouve aux prises avec
un sot... La partie féminine du salon, ces femmes curieuses et attentives en dessous, arrêtaient toute sa verve
prête à éclater, pendant que le vénérable abbé Dorat, au
regard affligé et plein de compassion, inquiétait cette âme
incertaine. A tout prix, se disait-elle, il me faut gagner
l'estime de ce vieillard! Toutes ces choses se passaient
confusément, péniblement dans l'esprit de Guillemette.
Ah! ce n'était déjà plus l'active, enjouée et éloquente
Guillemette de tantôt.

Personne, dans toute l'assemblée, ne ressentit le con-
tre-coup de ces hésitations plus que l'avocat de mademoiselle de Prohenque; il comprenait que, s'il ne ramenait pas, en ce moment et par quelque retour imprévu,
l'indignation et la colère dans cette âme obsédée de mille
visions, tout lui échappait à lui-même : sa cause, sa
maîtresse, son talent, sa gloire, ses amours, et qu'il re-
tombait, pour toujours peut-être, dans la défense banale
des querelles de cabaret, dans les disputes du mur mi-
toyen; à coup sûr sa dispute était troublée, déjà même
elle regrettait une évasion qui rencontrait si peu de sympathies; elle avait peur; mieux encore, elle avait honte!
Comment faire pour la forcer à parler, et comment lui
arracher son secret? En ce moment, dame Françoise vint
en aide à son ami du Boulay.

—Çà, dit-elle, ma chère Guillemette, pourquoi trembler? Vous étiez plus décidée et plus forte ce matin même,
ma chère enfant! Voyons! songe à te défendre; car,

maintenant, ces messieurs et ces dames te regardent, ou
peu s'en faut, comme une fugitive, comme une fille perdue! Montre-leur donc enfin que tu es née demoiselle,
que tu es une noble fille qui sait ce qu'elle fait, qui sait
ce qu'elle dit, et qu'elle n'obéit pas à un caprice lorsqu'elle s'enfuit d'une maison détestée!... il y va de votre
honneur, Guillemette, songez-y.

— Tu le veux! s'écria mademoiselle de Prohenque;
vous le voulez, monsieur (s'adressant à du Boulay); vous
seuls êtes mes amis, mes vrais amis; vous m'avez recueillie et accompagnée ici même, à vos risques et périls; vous
le voulez, je dirai tout!

Il y eut, en ce moment, un silence de mort dans ce
vaste salon à peine éclairé. Le jeu s'arrêta! la conversation, où plutôt la causerie çà et là errante, tomba abîmée
dans ces contemplations; à peine si l'on entendit le bruis-
sement d'un carrosse qui s'arrêtait à la porte de M. le
viguier.

« Parlez!... » s'écria du Boulay. Et toutes ces âmes
curieuses redoublaient d'attention; celui-ci retenait son
souffle, celui-là son geste, cet autre son regard... Encore
deux minutes, et la supérieure perpétuelle de l'Enfance
est perdue à n'en pas revenir.

« Parlez! parlez! mademoiselle, dit alors une voix
ferme et sonore; parlez, ma fille!... » Et comme M. de
Foucaut et ses complices faisaient un geste d'impatience :
« Il me semble, monsieur, s'écria madame de Mondonville
en relevant un côté de sa mantille, que j'ai bien le droit,
moi l'accusée, de me trouver ici! »

En effet, elle était entrée, d'un pas très-simple, en faisant une belle révérence, dans cette maison qui lui était
connue, où elle se présentait comme une femme du monde
qui fait une visite à ses amis; donc elle attendit, cachée
dans les ombres, jusqu'à l'instant décisif où elle devait
se montrer enfin dans tout l'éclat de ses mépris, dans
toute la majesté de son orgueil. On eût dit à la voir se
dresser, irritée et calme, à côté de Guillemette interdite,

qu'elle avait assisté, invisible, à cette longue série d'interrogations muettes, de réponses tremblantes, et qu'enfin elle sortait de son nuage pour mettre un terme à ces angoisses. Parlez! dit-elle d'un ton plus doux, parlez, Guillemette; racontez à des hommes, à des juges, à des jésuites, nos travaux, nos douleurs, nos misères, nos petites altercations de chaque jour! Pour amuser, un instant, quelques-unes de ces belles dames, car j'en vois, dans le nombre, qui sont mes amies et mes compagnes, amusez-vous à briser vos serments et les serments de vos sœurs; accusez le pain qui vous nourrit, le toit qui vous abrite, l'arbre qui vous prête son ombre, la source vive qui vous abreuve! Livrez-nous, livrez-nous, ô ma chère compagne! aux regards des profanés, aux violences du dehors, afin que, malgré le roi, le parlement et le souverain pontife, les soldats de M. le gouverneur pénètrent, la torche à la main, dans nos cellules, dans notre infirmerie, dans notre chapelle... dans notre chapelle! Elle dit cela deux fois, et Guillemette se prit à trembler et à pâlir! Après une pause, la supérieure de l'Enfance : Allons, dit-elle, allons, prenez courage, mon enfant! et dites à ces messieurs tout ce que vous avez sur le cœur! écoutez, croyez-moi; écoutez les conseils de M. l'avocat. Pas de fausse honte! dites quelques-uns de nos crimes : combien de vieillards nous avons nourris; combien d'enfants élevés par nos soins, de malades sauvés, de morts ensevelis! Ainsi elle parlait d'une voix lente et calme, et dans une attitude impériale, appuyant chaque parole d'un regard plein d'un feu sombre. Eperdue et tremblante, Guillemette cachait sa tête dans ses deux mains ; le serpent n'exerce pas une fascination plus puissante sur l'oisillon qui voltige autour de son nid.

A la fin, changeant de voix tout à coup, comme une femme qui ne plaisante pas et qui a pris son parti, elle s'approcha de demoiselle de Prohenque et elle lui dit : « Suivez-moi! » Et comme Guillemette hésitait encore, madame de Mondonville, arrachant son gant à sa main

gantée : « Allons! dit-elle en frappant Guillemette sur
l'épaule, c'est assez divertir ces messieurs et ces dames
de nos petits différends... Nos portes vont se fermer, on
nous attend à l'Enfance : Venez!...» Il paraît que c'était
là un ordre irrésistible! car à ce mot : *Venez!* Guillemette, vaincue et domptée tout à fait, obéit en silence, et,
d'un pas calme, les mains jointes, sans dire un mot, sans
adresser un regard d'adieu à personne, elle suivit cette
femme, ou plutôt cette espèce de *Veni Creator* qui ramenait au bercail la brebis égarée. Toute la compagnie
se leva pour saluer ces deux femmes, ou plutôt ces deux
apparitions d'un instant. Dame Françoise se demandait
si elle n'était pas le jouet d'un songe funeste. Du Boulay,
frappé au cœur, voulait parler; phénomène inexplicable,
la voix lui manqua!

« Nous sommes battus! messieurs, dit enfin M. de
Foucaut. Ce ne sera pas pour longtemps, murmura le
père Ferrier. Savez-vous, mon père, ce que cela prouve?
dit tout bas le père Rauchin au père Housset. Cela prouve,
reprit le père Housset, avec tout le respect que nous de-
vons au roi Salomon, que le sage n'a pas seulement les
yeux en sa tête, mais dans son esprit, et que le Languedoc a besoin d'un gouverneur! Avez-vous remarqué,
ma chère, la *fontange* de la supérieure? disait madame
de Maillac à madame de Laurency. C'est vraiment trop
beau pour une religieuse, convenez-en! Peut-être avez-
vous raison, mesdames, répondit M. de la Terrasse;
mais il faudrait dire aussi que les yeux sont trop beaux,
que la tête est trop belle! Quel feu! quelle âme! quelles
flammes de saint Augustin *! quel grand air! la noble
taille, et je vous jure que je n'ai jamais regretté davantage la dernière ordonnance de MM. nos vicaires généraux**.

* Flamulœ amori sancti Augustini; 1629.
** Ordonnance des vicaires généraux de Toulouse contre la nudité des bras, des épaules et de la gorge; Toulouse, 1669.

Un nouvel incident devait encore signaler cette mémorable soirée. Comme M. l'intendant rentrait chez lui, accompagné de M. le premier président, François de Clary, et des deux pères dominicains, causant tout bas du mauvais état de la province, un estafier accourait en toute hâte, annonçant que des dépêches reçues à l'instant même venaient d'apporter une incroyable nouvelle. Les deux condamnés à mort dans l'affaire de la régale, le père Cerle et le père Aubarède, s'étaient enfuis, à la même heure et le même jour, celui-ci du fort de Blaye, celui-là de la citadelle de Montpellier, où ils étaient l'un et l'autre au cachot!

Cette nouvelle tomba comme un coup de foudre au milieu de ces hommes réunis par des passions si opposées.

Mais quoi! il est temps de donner quelque halte à votre patience. « Les chapitres d'un livre sont comme autant d'hôtelleries dans lesquelles se repose le lecteur, » disait saint Augustin! Qu'est-ce à dire d'un volume, sinon une ville que le voyageur rencontre en son chemin, qui ne lui paraît pas des plus agréables et dans laquelle il fait cependant un séjour, tant il a peur de rencontrer le désert au delà?

XII

Cependant l'autorité royale, qui ne s'est pas endormie un seul instant dans ce long règne, avait déjà compris les difficultés dans lesquelles venait d'entrer la turbulente province du Languedoc. Louis XIV veillait! Dans ce front, couronné de toutes les gloires de la guerre et de la jeunesse, de l'amour et de la vengeance, fermentaient des ambitions immenses, et, la plus dangereuse de toutes, une ambition à la Richelieu, une idée longtemps rêvée :

amener le royaume du roi très-chrétien à l'unité de croyance. On a dit que Richelieu avait pris La Rochelle, dix ans à l'avance, dans sa pensée; à plus juste titre peut-on dire que Louis XIV avait décidé, dix ans à l'avance, au fond de sa conscience royale plus encore que de sa conscience chrétienne, qu'il révoquerait l'édit de Nantes. Cette révocation fut arrêtée à dater du jour où le jeune roi put contempler, dans l'histoire même de son aïeul Henri IV, le huguenot, par quelle suite infinie de résistances, de guerres civiles, de carnages, de renversements incroyables s'était avancée, en France, cette révolution armée de l'Evangile et du glaive, qui nous était venue du fond de l'Allemagne avec son cortége obligé de supplices, de révoltes, de meurtres, d'incendies et de représailles. Si les crimes de la Saint-Barthélemy pesaient d'une façon épouvantable sur l'honneur du trône de France, il fallait certainement, pour un roi absolu, faire entrer en ligne de compte le cri de *république,* prononcé tout haut par les huguenots armés; le poignard de Jacques Clément et le poignard de Ravaillac. Contemplez aussi les malheurs de cette nation, occupée pendant un demi-siècle à s'égorger de ses propres mains, pour des questions religieuses; pendant que l'esprit français, impatient d'arriver enfin à l'éloquence, à la poésie, aux chefs-d'œuvre, l'ordinaire consécration des grands siècles, s'arrête soudain, dans son premier essor, pour prendre une part sans gloire dans ces haines, dans ces violences, dans ces ténèbres. Songez aussi à cet accident si nouveau dans le royaume, un peuple catholique qui se trouve envahi par des doctrines venues, avec les nuages, de l'autre côté du Rhin, ou tombées, comme l'avalanche, du haut des montagnes de l'Helvétie : toutes les âmes troublées de ces nouveautés qui touchent au Ténare; tous les hommes de la chrétienté arrachés violemment à la tradition sacrée qui reliait depuis quinze cents années l'Eglise romaine à la doctrine des apôtres; la rupture universelle des liens, des devoirs, des croyances; à chaque instant et à toutes les extrémités de la France, des assemblées étranges et sans nom jusqu'à ce jour : synodes, consistoires, prêches; luthériens, calvinistes, disciples de Zwingle, enfants de Mélanchton! Même quand les armes sont au repos, c'est un bruit à ne pas s'entendre; même quand les torches s'éteignent, c'est un incendie à tout brûler. Dans ces luttes de la parole écrite et de la parole déclamée, c'est à qui ira le plus loin dans la récrimination et dans la violence; d'Aubigné et le président de Thou, Erasme et Théodore de Bèze, Jean de la Place aussi bien qu'Arnaud de Montbrun; les professeurs de Genève et les ministres de France. Mélanchton et Guillaume du Bellay, le sieur de la Noue et Daniel Chamier; les synodes de Gap, de Castres, de Saint-Maixent, et les maîtres du colloque de Poissy; Charenton et l'Université; les princes chrétiens et les landgraves, la conférence de Fontainebleau et la diète de Worms; l'entreprise d'Amboise, le massacre de Vassy et les luttes théologiques en Provence, à Lyon, en Dauphiné, partout; ajoutez les petits états provinciaux et les états-généraux d'Orléans, la république hollandaise et le royaume d'Angleterre, les puritains et la guerre sacramentaire, l'électeur de Saxe et l'empereur; et, de toutes parts, désordres, confusions, courroux et parricides, passions et vaines gloires. Les rois, porteurs de sceptres, prennent la plume pour répondre à des maîtres d'école; les familles sont divisées comme les royaumes; la Gaule et l'Italie se voient envahies par des catéchismes venus des Pays-Bas ou de Strasbourg; bientôt les femmes, les princesses, les reines, et à leur tour les étudiants, race féconde en révoltes, mêlant aux théologies sérieuses les contes profanes, les comédies galantes, les anagrammes et les chansons, jettent au milieu de ces disputes, les femmes, leurs intrigues d'amour et leur éventail; les étudiants, leurs syllogismes et leurs bâtons. Hors des villes soulevées, les hommes des campagnes se révoltent contre leurs seigneurs; la chaumière incendie le château; le temple renverse l'église, l'église renverse le temple à son tour. Entendez-vous ces cent mille voix qui s'élèvent impétueuses, violentes et sans frein, proclamant la messe une comédie, le purgatoire un trafic, l'hostie un morceau de pain, l'adoration une idolâtrie, le pape un antechrist, les théologiens des sophistes, les cardinaux et les évêques autant de prêtres de Baal, les religieux autant de sauterelles sorties du puits de l'abîme? Or toutes ces choses se disaient au peuple, épouvanté d'abord, charmé bientôt, non plus dans la langue savante et universelle des esprits éclairés, mais en langue vulgaire et courante, dans l'argot qui se parle aux villes populeuses dans le patois rustique; ou bien si quelque favori de la muse se montrait, dans ces époques malheureuses, Clément Marot, par exemple, son premier soin était d'écrire des chants de triomphe et de révolte adoptés bientôt par les églises nouvelles, oubliant que son père Jean Marot a écrit le *Chœur royal de la Conception de Notre-Dame;* à peine furent écrits ces psaumes en vers français, des .musiciens allemands, Bodenchatz, Martin Zeuner, Melchior Franck, Conrad Mathei, animés par le chant choral de Luther, firent la musique de ces psaumes en contrepoint, en quatre parties, ce qui fit soudain de ces cantiques autant de piliers de la religion protestante. Certes nous n'écrivons pas ici l'histoire du protestantisme français, nous indiquons seulement les désordres introduits à la suite de ces nouveautés qui ont troublé et bouleversé le monde, jusqu'au jour où le monde devait tomber dans le dernier excès, et le plus triste de tous, l'indifférence pour tant de croyances diverses qui ont coûté tant de sang. Alors, en effet, l'Eglise catholique n'eut plus à dévorer ces herbes amères; mais aussi plus d'*Alleluia* à chanter. Ces cœurs, devenus incombustibles, ne ressentirent plus ni joies ni tristesses; il n'y eut plus de huguenots d'état.... et plus de catholiques de religion! En revanche, comme la vie de l'homme en société n'est, en fin de compte, qu'une suite de passions à satisfaire et de problèmes à résoudre, nous avons des socialistes d'état et des partageux de religion. Que voulez-vous? le progrès!

Il n'est pas inutile de rappeler à nos lecteurs que les provinces du Midi s'agitèrent, et des premières, au sujet de la religion. La première assemblée régulière des protestants avait eu lieu sur les bords de la Durance, où les soixante églises de Provence s'étaient fait représenter par leurs députés les plus violents et les plus habiles. Le Dauphiné avait suivi cet exemple de rébellion, et Valence, à son tour, était devenue plus tard une espèce de capitale, dans laquelle les huguenots s'étaient retranchés. Une fois leurs maîtres, ils avaient marché de réformes en réformes, effaçant coup sur coup le *Magnificat*, le *Te Deum*, le *Gloria Patri*, les symboles de Nicée, la litanie à Dieu seul : *Libera nos, Domine*. L'instant d'après, on rayait du calendrier la fête de Notre-Seigneur, celle de la Vierge, des apôtres, de tous les saints ayant jeûnes et vigiles; bientôt les épîtres, les évangiles, les préfaces pour les fêtes et les dimanches; toute la messe enfin y passa; en même temps toute la police ecclésiastique et toute l'antiquité religieuse : images, autels, cierges, orgues, bonnets et mitres, encensoirs et processions. Ces Erostrates envahirent le haut et le bas Languedoc et sa double noblesse; le feu envahit aux quatre coins le temple du Seigneur, les uns mettant la plume au vent, les autres l'épée, et les uns et les autres niant les miracles, proclamant le libre arbitre bien au-dessus du Saint-Esprit, mettent au néant les plus célèbres controverses des docteurs orthodoxes dans les trois parties du monde chrétien : saint Irénée, saint Athanase, saint Grégoire de Nazianze, saint Basile, saint Chrysostôme, saint Ambroise, saint Augustin, saint Jérôme, tous les pères, tous les conciles, toutes les promesses que Dieu a faites à son Eglise; tout est brisé, malgré l'évidence, la certitude, la succession perpétuelle, le consentement universel, venus sans interruption du siècle d'or des apôtres. Plus tard enfin, quand la réforme, après avoir été une révolte, devint un parti, ces mêmes huguenots du Midi ne furent pas les derniers à ajouter leurs menaces aux menaces des églises, à les écrire en lettres de fer dans leurs cahiers; à réclamer des places de sûreté, des juges et des gouverneurs de leur religion ; à remplir de leurs cris les assemblées politiques qui pesaient sur les cercles, et à dominer par les cercles les assemblées générales. Procédure sans fin contre la majesté royale non moins que contre le royaume spirituel; chrétienté terrienne, charnelle, pleine de passions et de contradictions; autel contre autel, et celui-là, roi ou pontife, qui pourra réunir sous un même chef et dans le giron de la même Eglise toutes ces volontés éparses et incertaines, aura accompli une œuvre de haute importance et vraiment démontré qu'il est véritablement un envoyé de Dieu.

C'était là, à vrai dire, l'œuvre de Louis XIV et son œuvre de prédilection. Comme il en a supporté toute la responsabilité et toutes les disgrâces, au moins faut-il lui laisser le courage de l'entreprise. Héritier direct de ces longues disputes qui avaient été la désolation de la France, il avait compris que la majesté des couronnes n'avait rien à gagner dans ces luttes sans cesse renouvelées, et il voulait y mettre un terme. Il y pensait la nuit et souvent il y rêvait le jour. Plus il se sentait grand et tout-puissant, et moins il entrevoyait l'obstacle; il savait, mieux que personne dans son conseil, les lois, les édits, les arrêts, les traités, les pacifications, les tolérances qui avaient précédé et qui avaient suivi l'édit de Nantes; à quel point cet édit avait déplu et déplaisait à la France catholique; à quel point il était un sujet d'agitations, de controverses et d'espérances dans la nation protestante. Il savait aussi les répugnances des parlements, les tristesses des évêques, les regrets même de Henri IV, qui avait jugé que sa propre majesté était amoindrie et diminuée de moitié par les exigences de son ancien parti; enfin, il avait été élevé et confirmé dans l'idée que c'était là une religion mauvaise, injuste, violente, peu encline à l'obéissance, pleine de périls de tout genre et disposée à abuser des édits d'honnête liberté qu'elle avait arrachés à la nécessité des circonstances; en même temps il comptait le nombre des églises, et les quinze provinces qu'il fallait dompter; combien de seigneurs, de pasteurs, de peuple, de chefs militaires, réunis par l'acte d'union; il se disait qu'une fois l'entreprise commencée, il faudrait aller jusqu'au bout, et voilà pourquoi il hésitait, pourquoi il était plongé en ces grands troubles, pourquoi, même aux pieds de ses maîtresses et au milieu de ses victoires, il se prenait à soupirer en songeant qu'il n'était pas le maître unique de ce beau royaume fait à son image, et que, parmi tant de sujets soumis à son sceptre, il s'en rencontrait encore un si grand nombre qui ne s'inquiétaient guère d'être admis pour l'éternité dans le même ciel que le roi de France, sujets hardis qui croyaient à un paradis où le roi ne devait pas entrer!

Ce fut au milieu de l'hésitation et des doutes de la royauté que se rencontra l'homme le plus capable de servir à l'accomplissement de ces vastes et cruels projets. Nous voulons parler de ce tyran du Midi, M. Lamoignon de Basville, que le roi venait de nommer, avec toutes les précautions imaginables de secret et de confiance, intendant de police, justice et finances de sa province du Languedoc.

Vous savez quel était cet homme et si jamais instrument plus habile et plus impitoyable se rencontra sous la main d'un prince absolu. Pendant trente-deux longues années d'une tyrannie intelligente et sans limite, M. de Basville a été le geôlier et le bourreau de la misérable province confiée à ses soins. Représentant d'une force venue de Dieu, tout lui appartenait plus qu'au roi lui-même : les âmes, les corps, les fortunes, les consciences; il tenait le clergé par l'archevêque, les lieutenants généraux et l'armée par son beau-frère, le marquis de Broglie; les esprits timides par la terreur; les esprits fermes par les supplices; homme indigne, à force de violences, de sortir de cette source abondante et pure des Lamoignon, espèce de royauté à part, même dans la magistrature française, dont le nom seul représente tant de genres de travaux et d'honneur; et cependant, homme

digne d'appartenir à la plus ferme race des magistrats
français par les ressources fécondes d'un génie impétueux
et prudent tout ensemble, qui faisait servir à l'exercice de
l'autorité la plus active même la violence, même la colère! Juste souvent, mais tout porté à franchir au besoin
les limites de la justice. « Toujours prêt et jamais pressé, »
telle était sa devise; car il savait que la patience est une
des grandes qualités du gouvernement. De longue main il
s'était habitué « à faire la chasse à ces misérables qui
sortent de leurs trous et qui disparaissent comme des esprits dès qu'on veut les exterminer, » disait cette bonne
madame de Sévigné à son bon cousin le comte de Bussy.
Mieux que personne et même dans l'âge où la pitié pénètre
plus facilement dans le cœur des hommes, M. de Basville
savait comment s'y prendre « pour arriver à ces sortes
d'ennemis volants et irrésistibles; » tantôt il arrivait, par
mille bonds impétueux, comme le grand Condé dans l'oraison funèbre de Bossuet; tantôt il se plaisait à saper, petit
à petit, à ses heures, *les religions qui déplaisaient au*
*roi.** Il savait tout ce qu'il voulait savoir; des plaines
brûlantes du Languedoc, dans le calme Vivarais, du Vivarais dans le district des hautes et basses Cévennes il
voyait tout ce qu'il voulait voir; son regard, perçant et
froid comme la lame d'une épée, surveillait les écoles, les
églises, les chaumières, les châteaux, les rencontres, les
hasards, les conciliabules dans les carrières de Mus, dans
les ruines de Nîmes, dans les bois d'Usez, dans les vallons
du Vigan. Travailleur infatigable, il ne connaît ni le repos
ni le sommeil quand il faut retrouver la voie perdue à
travers cette longue suite d'ordonnances et de préventions,
dans lesquelles la liberté de conscience allait tomber
comme le renard dans un piège. Eh! le moyen de suivre
jusqu'au bout le labeur de cet homme; ces espionnages,
ces découvertes, ces tentatives, ces essais de tout genre,
cruels avant-coureurs des dernières cruautés; toutes les

---

* Lettre de M. de Louvois, octobre 1685.

lois ordinaires cruellement et fatalement suspendues; le
commerce troublé, les âmes éperdues; les nouveaux con-
vertis, gens d'ordinaire sans honneur, délivrés de leurs
dettes, libérés de l'impôt et légataires universels de leurs
familles non converties, pendant que le protestant, resté
fidèle à sa foi, se voit accablé d'outrages et chargé de
misères? Les malheureux! pour hôtes, des dragons avides;
pour collecteurs, des huissiers insatiables; pour juges,
leurs anciens coreligionnaires. Leurs femmes légitimes, ô
malheur! abaissées à l'état de concubines, et ces mariages
clandestins ne produisant que des bâtards. En même temps
le terrible gouverneur avait imaginé que l'enfant huguenot
était déjà assez sage pour se faire catholique à sept ans;
en revanche, le catholique n'était pas encore assez mûr,
eût-il deux fois l'âge de raison, pour discuter les motifs
de sa croyance; bien plus, il était envoyé aux galères per-
pétuelles, s'il osait préférer un seul instant Luther à
saint Paul! Lois terribles sorties du cerveau de cet
homme et appuyées sur les plus cruels supplices : la
prison à perpétuité, pour vous apprendre à ne pas croire
à l'éternité de l'enfer; que disons-nous? la fusillade et la
corde souvent, et parfois la roue et la claie, la confiscation
toujours. Tous les livres proscrits, et proscrits en si grand
nombre, que le parlement renonça à en dresser le cata-
logue. Le *Nouveau Testament* et les *Psaumes* en langue
vulgaire attachés au pilori, avant d'être précipités dans
les flammes. En un mot, le comité Basville pesait de
tout son poids sur la province humiliée *, et si quelqu'un
de ces intrépides et inflexibles huguenots, doublement
rebelle à la grâce divine et à la volonté de M. l'intendant,
venait à suivre l'exemple des victimes de Néron ou de
Tibère, s'arrachant par la mort au supplice inévitable, eh

---

* Il était composé ainsi : le marquis de la Trousse, le
comte de Villars, le maréchal de Montrevel, le conseiller
Raymond, M. de Caveyrac et son frère l'abbé de Caveyrac,
et, plus tard, le père Ferrier.

bient on faisait le procès au cadavre; on traînait l'homme mort aux pieds des juges qui lui refusaient la sépulture : « déclare leur mémoire illicite, supprimée et condamnée à perpétuité... » Le reste appartenait au préposé aux spoliations... le titre est digne de l'emploi!

En vain le roi et ses ministres, et Bossuet lui-même, veulent s'opposer à ce zèle fanatique; en vain des ordres arrivent de Versailles, et des prières de l'archevêché, ordonnant à M. de Basville et le suppliant de retenir la flamme et le fer... Une fois lancé, il allait toujours, semblable à un chien dévorant; il imposait silence à Bossuet; il faisait peur aux ministres; il fermait la bouche au roi lui-même, poursuivant sans fin et sans cesse son œuvre de dévastation, de meurtre et de ravage contre les infortunés qui osaient résister à ses missionnaires à cheval. Tel était l'énergumène qui allait remplacer M. d'Aguesséau, M. d'Aguesseau, la parfaite intégrité, l'aimable vertu, la bienveillance en personne. Incroyable et cruel génie, ce M. de Basville; il a employé fatalement, et dans une si longue autorité, cet art farouche et savant qu'il savait recouvrir, au besoin, des grâces les plus charmantes; ce tact exquis, dissimulé sous les apparences les plus brutales; cette terreur dont son nom était rempli, sans rien ôter à la grâce de son sourire; ces crimes et ces monstruosités des plus cruels tyrans, unis à des bontés même paternelles; cette bonhomie apparente; cette habileté de serpent à se replier et à cacher son venin; cette complète absence, et d'autres fois cet immense déploiement d'orgueil, de colère, de vanité, de passion, d'ambition, de volonté; passant violemment de l'excès à l'autre excès, ou bien s'arrêtant tout net dans le vrai milieu, et alors il semblait s'y complaire avec amour. O le monstre!... ô l'habile génie que vous avez produit, pour la damnation de beaucoup et pour l'admiration de quelques-uns, vous, son père, Chrétien-François de Lamoignon, chef auguste de cette illustre famille « où la vertu se communiquait avec le sang; où l'on venait au monde pour la force et pour la justice (*), une famille qui commence par un grand homme, qui finit par un martyr (**). Et quelle était donc cette autorité royale qui forçait ainsi, par le seul enthousiasme pour sa cause, ce fils, ce petit-fils, cet arrière-petit-fils, frère, père, grand-père de tant de magistrats excellents, d'accepter et de remplir ainsi, jusqu'à la fin d'une vie entourée à ce point d'exécration, de terreur et de respect, cet emploi quadruple de juge, d'espion, de geôlier et de bourreau?

Mais ce royaume de France, avec tout son esprit de bienveillance, d'ironie et de bonne grâce, ne comprenait pas encore ce grand mot et ce grand principe : liberté de conscience! La religion, en dépit de tant de grands hommes qui ont été l'honneur du sacerdoce européen, avait conservé toutes les formes et tous les aspects de la guerre; une dispute de théologiens ou une bataille à coups de fusil, c'était, ou peu s'en faut, la même bataille, c'était, des deux parts, la même ardeur belliqueuse, la même cruauté dans l'attaque, la même férocité dans la défense, le même orgueil dans la victoire, la même rage des vaincus. L'arme courtoise était une de ces armes que l'on conserve dans les cabinets des curieux, mais que l'on cache précieusement les jours d'émeute, pour éviter les voleurs. Oui, ces violences de la force, oui, ces excès du pouvoir, ces supplices, ces exils qui nous apparaissent comme autant de crimes irréparables, et dont le souvenir nous remue au fond de l'âme, à peine si la partie catholique de la nation française, au dix-septième siècle, s'en est inquiétée un instant. La révocation de l'édit, si horriblement fertile en pillages, en injustices, en meurtres de tout genre, semblait, à la grande majorité de cette nation, une victoire, une représaille et l'action la plus juste de l'univers. Ces violences se racontaient complaisamment d'un bout à l'autre de la France, et tout

* Fléchier, oraison funèbre de M. de Lamoignon.
** M. Lamoignon de Malesherbes, le défenseur du roi martyr, le parent et le protecteur de M. de Châteaubriand.

comme on eût parlé de quelque peuple conquis. En vain, du fond de la Hollande protestante, le ministre Saurin invoque, pour la vengeance à venir, les gémissements des captifs, les sanglots des enfants, les vierges dolentes, les chemins de Sion couverts de deuil, les apôtres au supplice, les martyrs aux gémonies; on ne parle dans tout le royaume de France que de fêtes et de plaisirs, de dîners et de comédies, de mariages et de présentations à la cour, du grand lever et du petit coucher. Les gémissements et les larmes des Eglises anéanties n'arrivaient pas, juste ciel! jusqu'à Versailles! Le roi, qui savait tout et qui voulait tout savoir, ne les a sues qu'une seule fois, et dans une circonstance que nous dirons à notre dernier chapitre, ces misères d'un peuple désobéissant; bien plus, M. le régent lui-même, ce grand esprit, ce bel esprit, le second père, avec Bayle, du scepticisme français, durant son règne plein de tolérances, n'a été cruel que pour les protestants de France; même sous le roi Louis XV, ou, pour mieux dire, sous le roi Voltaire, à l'heure où toutes les libertés étaient proclamées, quand donc fut-il question de venir en aide à la nation persécutée? Il fallut attendre le roi Louis XVI, la victime innocente de toutes ces violences qu'il allait réparer, quand il fut traîné par les plus vils, les plus lâches et les plus affreux de tous les hommes, sur cet échafaud qui fut changé en autel.

Donc, puisque les philosophes eux-mêmes ont été à ce point insensibles à des misères qui frappaient leurs regards, ne nous étonnons pas que Louis XIV les ait ignorées, tant il était malheureusement protégé et défendu contre ces surprises et ces haines par la grandeur même de son être; tant il était entouré d'esprits convaincus de la justice de son action, tant à cette cour de Versailles le courtisan, le galant homme, l'homme d'Etat et le chrétien ne vous représentent, le plus souvent, qu'un seul et même personnage, prosterné devant le trône de ce sultan d'Asie, au milieu des vapeurs enivrantes de cet encens perpétuel qui s'exhale incessamment des pages de l'histoire, des chants du poëme, de la louange des capitaines, du sourire des duchesses. « Toutes les syllabes de la langue nous sont précieuses, s'écrie l'abbé Colbert, parlant à l'Académie française, parce que nous les regardons comme autant d'instruments qui doivent servir à la gloire de notre auguste protecteur. » Vous l'entendez : toutes les syllabes de la langue! Et comment Racine a-t-il appelé le roi après la révocation de l'édit? il l'a appelé : « Le prince le plus sage des princes et le plus parfait de tous les hommes! » Et les marbres jusqu'aux enfers, et les bronzes jusqu'au ciel, avec ces inscriptions qui touchent au trône même du roi des rois : « A Louis le Grand! A sa victoire perpétuelle! Au défenseur divin des droits de l'Eglise et des rois!»

Cette étrange et incroyable confusion des devoirs du monarque envahissant les droits des peuples, sans un remords, sans un regret, sans une voix qui réclame; ce calus d'adoration perpétuelle qui avait envahi les âmes les mieux nées et les mieux douées de sincérité et de courage, s'il nous fallait des exemples, certes les exemples nous viendraient en foule. Citons seulement, dans l'affaire de la régale (patience, voici que nous y revenons!), un malheureux prêtre de Toulouse, l'abbé Maupas : il avait été jeté dans une prison où il était resté cinq ans entouré de scorpions; puis, rendu à la liberté, le malheureux s'était traîné jusqu'à l'abbaye de la Trappe, où M. de Rancé, M. de Rancé lui-même, n'osa pas recevoir cet infortuné; tant était grande, même dans ces tombeaux, la frayeur de déplaire au roi! Oh! M. de Rancé! tant de force et de cruauté chrétiennes contre vous-même, si peu de courage... (un gentilhomme!) lorsqu'il s'agit de tendre la main à un frère malheureux !

A l'heure où se passe notre drame, la révocation de l'édit de Nantes était arrêtée dans le conseil de conscience et même dans le conseil d'Etat; toutes choses se préparaient pour l'accomplissement de cette terrible entreprise, et le roi, après avoir bien cherché autour de lui, n'avait

pas trouvé de plus habile exécuteur de ses volontés que
M. Lamoignon de Basville. Le château de Basville n'est
pas loin de Paris; il appartenait à M. le premier président
François-Chrétien de Lamoignon, qui en avait fait une
retraite austère et charmante tout ensemble, un Louvre
champêtre où il venait se reposer des fatigues de cette
magistrature suprême qui faisait du premier président de
Paris un des personnages les plus considérables du
royaume. Dans cette maison, entourée de mystère, de
silence et de respect, se réunissaient, au milieu d'une foule
empressée jusqu'à l'adoration, des hommes choisis dans
la société la plus exquise, et le grand magistrat, redevenu
tout simplement un homme du meilleur monde, s'abandonnait volontiers à la gaieté des honnètes consciences, à
la bonne humeur des paisibles esprits, à la verve abondante d'un homme heureux qui n'a plus d'ambition à satisfaire ici-bas et qui se voit arrivé au terme de toutes les
grandeurs qu'il pouvait se proposer. Dans ce salon, qui
eût pu facilement devenir une cour, se réunissaient Despréaux, l'auteur des *Satires*; Jean Racine, ce noble enfant de Port-Royal, où il voulut être enterré, ce qu'il
n'eût pas osé faire de son vivant; le père Bourdaloue,
qui frappait comme un sourd, et plusieurs dames de la
société de monseigneur le premier président : « Les trois
Muses en étaient *, madame de Chalucet, nièce de madame
de Basville; madame Hélyot, espèce de bourgeoise ren-
forcée, qui a acquis une assez grande familiarité avec
M. le premier président, dont elle est la voisine à Paris,
et qui possède une terre assez proche de Basville; la troisième est une madame de Laville, femme d'un fameux
traitant, pour laquelle M. de Lamoignon, aujourd'hui
président à mortier, ne manque pas d'une certaine inclination. Celle-ci ayant chanté à table une chanson à boire,
dont l'air est fort joli, mais les paroles très-méchantes,

---

* Lettre de Boileau à Brossette, tome IV, p. 440, édition
de M. de Saint-Surin.

tous les conviés, et le père Bourdaloue lui-même aussi bien que le père Rapin, m'exhortèrent à en faire d'autres, et j'écrivis, en effet, ces quatre couplets :

> Que Basville me semble aimable
> Quand des magistrats le plus grand
> Permet que Bacchus, à sa table,
> Soit notre premier président.

> Trois Muses, en habit de ville,
> Y président à ses côtés,
> Et ses arrêts, par Arbouville,
> Sont, à plein verre, exécutés.

> Si Bourdaloue, un peu sévère,
> Nous dit : Craignez la volupté!
> — Escobar, lui dit-on, mon père,
> Nous la permet pour la santé. »

> Contre ce docteur authentique
> Si du jeûne il prend l'intérêt,
> Bacchus le déclare hérétique
> Et janséniste, qui pis est. »

« Mes deux derniers couplets, ajoute Despréaux, firent un peu refrogner le père Bourdaloue. (Il dit ceci, en effet: « Si M. Despréaux me chante, je le prêcherai!) Pour le père Rapin, il entendit raillerie et obligea même le père Bourdaloue à l'entendre aussi. »

Cependant soyez ferme et constant jusqu'à la mort dans vos plus intimes croyances; soyez la mère Angélique Arnauld et succombez sous la persécution; soyez Pascal et écrivez *les Provinciales*, afin qu'un jour un des plus grands esprits de votre siècle fasse de vos doctrines les plus austères le refrain d'une chanson à boire, pour divertir le cousin Arbouville et la voisine Hélyot!

A cette fête assistait, assis au bas bout de la table, occupé à tout entendre, à tout regarder, le terrible autant que révérend père Ferrier, le *committimus*, ou, si vous

aimez mieux, le *custodi-nos* des jésuites de Toulouse,
car chaque corporation se servait, en ce temps-là, d'une
langue à part, qui mériterait d'être étudiée tout autant,
pour le moins, que l'argot des prisons et des bagnes. Il
eût été difficile de rencontrer dans toute la société de Jésus
un homme mieux disposé que le père Ferrier à accomplir une mission plus délicate. Il avait l'enthousiasme de
son ordre ; il en avait à fond les craintes et les espérances. Dans son fanatisme pour l'armée dont il était un des
chefs les plus dangereux, il eût donné sa vie, et avec
joie, pour ne plus laisser sur les ruines de tous les dogmes et de toutes les écoles qui se partageaient la France
que le dogme et les écoles des jésuites. Esprit dur et en-
têté, d'une application infatigable, il n'avait pas d'autre
passion que le triomphe des siens, pas d'autre ambition
et pas d'autre joie; c'était son œuvre, c'était son rêve;
il ne voyait rien ni en deçà ni au delà; il eût bravé les
portes mêmes de l'enfer, pour aller jusqu'au bout dans la
voie qu'il s'était tracée ; à plus forte raison il affrontait
le mépris des hommes qui ne comprennent pas qu'une
seule tête puisse, en effet, contenir et enfermer tant de
piéges, pour la seule gloire de tenir, incognito, au gouvernement ou à l'empire. Voilà donc pourquoi il vivait
seul, dans son cabinet, sans connaître ni parent, ni ami,
ni famille, ni protégé, ni protecteurs, ne vivant du corps
et de l'âme que pour arriver, d'un pas aussi farouche que
son visage, à je ne sais quel but lointain de tyrannie et
de domination.

A peine instituée, l'Enfance avait inquiété les jésuites.
Toucher à l'éducation des enfants du peuple était un
crime, à leurs yeux, aussi grand que de toucher au confessionnal des rois, et comme, après les premières déférences, madame de Mondonville avait tourné à la plus
complète indépendance, ils s'étaient dit : Voilà une ennemie et voilà une citadelle élevée contre nous! Premières
rumeurs, premières menaces qui peu à peu avaient grandi
et s'étaient répandues çà et là, à Bordeaux, à Clermont, à

Lyon, à Marseille, dans l'ancien royaume de Navarre,
dans le parloir de M. de Louvois, dans le cabinet de
M. le procureur général. Il fut parlé de madame la supérieure perpétuelle au fond des monastères les plus séparés
du monde et dans les solitudes les plus discrètes. De
leur côté, et à mesure que les sourdes menées faisaient
leur chemin, les jansénistes, voyant l'Enfance en péril, la
défendaient, comme elle était attaquée, en silence, entre
deux sapes, chaque parti n'oubliant rien pour s'écraser
mutuellement, mais ménageant encore le bruit public; car
ce n'est pas une des moindres curiosités de cette grande
époque de la trouver si violente dans le fond, si calme à
la surface; tant de coups furieux et pas une plainte qui
s'exhale de cette ardente mêlée; tant de feu et si peu de
fumée, tant de blessures cruelles des deux parts et si peu
de gémissements!

L'aventure de mademoiselle de Prohenque n'avait pas
produit tout l'effet et tout l'étonnement que l'on pourrait
croire, à en juger par les habitudes modernes. Le cloître était plein de ces histoires de filles découragées et
fugitives qui, par la force de la loi religieuse et de la loi
civile, reviennent bientôt, après une tentative désespérée,
à l'obéissance et à la résignation. Toutefois le terrible
Ferrier, avec son bon sens pratique et son habitude du
soupçon, en était arrivé à ce commencement de preuve
intime qui n'est pas encore l'accusation formelle, mais
qui la précède de bien peu. C'était un homme qui, par
habitude et par état, y voyait clair; à peine arrivait-il à
la lumière, il la plaçait, d'une main ferme, sur le chande-
lier; il n'hésitait pas, il n'avait pas le temps d'hésiter.
Evidemment la province du Languedoc était troublée;
elle était pleine de résistances cachées, inondée de pamphlets. Que ces séditions imprimées vinssent de la Hollande ou de l'Angleterre, leur patrie naturelle, la chose
était probable; mais ces placards incendiaires en faveur
de la régale, affichés, tout humides, aux murailles épou-
vantées, cette émeute sortie de quelque imprimerie sou-

terraine, cette défense des hommes persécutés, cette
accusation contre les persécuteurs, cette louange hardie
du janséniste abbé de Ciron, d'où venaient ces incendies,
sinon des cendres à peine éteintes de Port-Royal? Quant
à sonder la profondeur du châtiment, le père Ferrier lui-
même, à l'idée seule de ces vengeances implacables, sentait son propre cœur se serrer sous les angoisses. Pensez-
y donc! en ce temps-là, une attaque au roi, imprimée et
distribuée en terre française, c'était vraiment un de ces
crimes qui venaient à peine à l'imagination des insensés.
Posséder chez soi, dans l'ombre de sa maison, une presse
clandestine, et faire marcher, de nuit, cette machine
d'État, déjà si terrible au grand jour, quand elle reste
sous la surveillance des parlements et de l'Eglise, à peine
si la loi du royaume avait osé prévoir un pareil forfait.
Le moindre soupçon de ce crime de lèse-majesté divine
et humaine au premier chef suffisait pour mettre sur
pied tous les archers, tous les estafiers, tous les espions,
tous les soldats, tous les magistrats du royaume de
France. Toute maison était fouillée; vous étiez pris, vous
étiez pendu; « on en pendit un malheureux petit libraire,
pauperculus librarius, » comme disait M. de Thou *,
sans autre réflexion de sympathie ou de pitié.

Après le dîner, à l'instant où la foule remplissait les
salons du premier président, pendant que Despréaux recevait les compliments de ces dames et répondait aux ob-
jections du grand Bourdaloue, le père Ferrier, prenant à

---

* Telle était la terreur inspirée par M. de Basville,
qu'un jour M. le comte de Guiche racontait au roi comment il était tombé dans la Garonne : « Je me noyais pour
tout de bon, sire, et les paysans me regardaient noyer,
bouche béante, sans oser me venir en aide, tant le danger
était pressant et le courant rapide; lorsque soudain je me
mis à crier : A moi, manants! sauvez le gouverneur! Aussitôt ils se jettent dans le fleuve, et ce fut à qui me sau-
verait, au péril même de ses jours. »

part M. de Basville, lui expliqua en peu de mots pourquoi il était venu en si grande hâte de Toulouse à Paris. « Monseigneur, lui dit-il en le regardant face à face, je suis auprès de vous l'ambassadeur de toute la partie saine et catholique du Languedoc. Nous avons appris, des premiers, que le roi vous donnait à gouverner cette partie turbulente de son royaume, et nous avons été les premiers à nous en réjouir, tant nous comptons sur votre bienveillance et sur votre appui. » Il dit cela d'une voix ferme et presque impérieuse. En même temps il fit entrevoir au nouveau gouverneur la nécessité de signaler, par un exemple sévère, son entrée au pouvoir. Il expliqua ses inquiétudes en peu de mots, à propos de l'institution de madame de Mondonville, et il s'expliqua avec l'énergie de la haine et la concision du bon sens, deux forces terribles quand elles sont réunies. Heureusement que M. de Basville avait bien d'autres soucis au fond de l'âme. Commencer sa terrible mission en s'attaquant à une femme si protégée, si défendue; briser, renverser, anéantir, au débotté, une institution de filles, sur un soupçon en l'air; mécontenter, du premier coup, tant de seigneurs, de magistrats, un prince du sang et le parlement même de Toulouse; bien plus, déplaire à madame de Montespan, qui jurait ses grands dieux que les filles de l'Enfance savaient par cœur le *Catéchisme de la Grâce !* Résister à l'archevêque, à M. l'évêque de Tulle (Mascaron) lui-même, à M. le chancelier en personne, les protecteurs de cette maison aimée du peuple, c'étaient bien des entreprises à la fois. « Nous attendrons, mon père, disait M. de Basville; rien ne presse.

« — Rien ne presse, monseigneur! Mais songez donc que l'Enfance, à elle seule, occupe plus de place dans l'attention du monde que deux ou trois monastères des plus importants de l'Eglise. Mais songez que cette femme est aussi violente dans l'exécution qu'elle est habile dans l'entreprise; qu'elle est entourée d'une faveur inouïe et d'un respect qui tient du prodige! Songez que personne n'a encore pénétré dans cette maison, ou plutôt dans ce mystère, et que les choses de l'Eglise ne se font pas en disant : Attendons! — Eh! monsieur, répliqua M. de Basville, puisque vous tenez tant à savoir les mystères de l'Enfance, qui vous empêche de savoir ce qui s'y passe, par vous-même ou par les vôtres? Il me semble que vous êtes devenus bien timides et bien timorés, mes pères; certes, vous n'avez pas toujours demandé la permission d'apprendre ce que vous vouliez savoir? — C'est justement cette permission que je vous demande, monsieur, au nom de mes maîtres, et, s'il le faut, au nom même du confesseur du roi. Quoi qu'on en dise, nous avons notre équité et notre justice, et nous ne voulons condamner personne sans l'avoir entendu; mais nous voulons aussi que personne dans l'Eglise n'échappe à notre juste contrôle. C'est pourquoi, sans inquiéter Sa Majesté, qui a déjà bien assez d'affaires avec la cour de Rome, et sans peser sur notre saint-père le pape, qui n'est que trop occupé de ses droits de régale, nous vous prions qu'il vous plaise consentir à ce qu'une enquête soit faite sans bruit, dans la maison de l'Enfance! Déjà même nous avons jeté les yeux sur un homme qui ne demande qu'à nous servir, le marquis de Saint-Gilles, monseigneur. — Ai-je bien entendu? Il s'agit de ce M. de Saint-Gilles qui a pris la fuite devant la peste, en présence de la ville entière, et lorsqu'elle avait les yeux sur lui? Certes voilà un instrument bien trouvé, mais quelque peu déshonoré, ce me semble. Agissez cependant, puisque tel est votre bon plaisir; et pourvu que vous me répondiez que nul scandale ne sortira de votre enquête et que vos recherches seront conduites avec la prudence que vous portez en toutes choses, je vous servirai de mon mieux. — Voilà pour le moment tout ce que nous attendions de vos déférences, monseigneur, » répondit le père Ferrier à voix basse; car il avait vu M. le président qui venait à la recherche de son fils.

Restés seuls : Le croiriez-vous, monsieur, dit M. de

Basville à son père, ces démêlés de la régale ont pris là-bas une importance très-grande, et je ne serais pas étonné si la terrible nouvelle que je vais leur porter les trouvait moins attentifs et moins sérieux que nous ne le supposons.

— Monsieur! reprit M. de Lamoignon, rappelez-vous ce que je vous dis là; je ne sais pas ce que réserve l'avenir à la révocation de l'édit, mais, dans le temps présent, l'affaire de la régale me paraît une chose bien plus sérieuse et compliquée. L'édit révoqué ne retombe que sur les protestants, le reste de la France applaudira; la régale, au contraire, est l'affaire de l'Eglise, ou plutôt de la chrétienté tout entière, et bien des consciences en demeureront troublées et éperdues. Pour ma part, moi qui vous parle, je signerais de mon sang la révocation de l'édit de Nantes, et je suis en doute si le roi lui-même a raison contre le pape dans l'affaire de la régale! J'ai consulté les esprits les plus éclairés et les plus divers : le cardinal de Bérulle à l'Oratoire, Vincent de Paul à Saint-Lazare, M. de Rancé dans ses solitudes; les uns et les autres, ils ont glorifié la résistance de messieurs d'Alet et de Pamiers : Gloire à vous, disaient-ils, qui n'avez pris votre inspiration que de Dieu seul, qui n'avez obéi qu'à sa parole! Faites donc en sorte, croyez-moi, d'apaiser l'émeute de la régale avant de proclamer et d'entreprendre la révocation de l'édit! Le danger est là et n'est que là! »

Ainsi parlait M. le premier président Chrétien de Lamoignon, de cette voix magistrale qui portait tout ensemble le commandement et le conseil. Je n'entends bien que les affaires que rapporte M. de Lamoignon! disait souvent Louis XIV. Mon père a raison, se disait M. de Basville; cette question de la régale veut être vidée avant toute autre... et j'ai bien fait de ne pas décourager le père Ferrier!

Il se promena longtemps dans l'allée d'ormes séculaires qui l'enveloppaient de leur ombre sérieuse, considérant en lui-même les difficultés, les haineset les périls de l'entreprise qu'il avait acceptée; moins heureux, certes, et moins tranquille qu'au temps où il n'était que l'avocat du sculpteur Girard Van Opstal, ou l'administrateur de la ville de Pézenas.

XIII

M. de Saint-Gilles ne s'était pas consolé de sa honte à la face même de sa ville natale. Chassé de Toulouse par sa propre couardise, il avait fait retomber sur madame de Mondonville tout le poids de cette disgrâce publique et de ce déshonneur sans rémission. Il avait en lui-même un de ces caractères fermes et constants dans le mal, perfides et libertins, qui réunissent volontiers la débauche à la vengeance; il était depuis longtemps passé maître dans cette trahison noire de toutes les calomnies, patiente et violente tout ensemble; il était habile à apprendre, à prévoir, à deviner, à nuire, à profiter de l'absence, du bruit, de la réalité, des apparences, de tout ce qui peut servir à la ruine d'un ennemi. Depuis sa dernière rencontre avec cette femme écrasante, il avai repris haleine; avant que d'éclater contre elle, il voulait choisir son temps et son heure, et maintenant qu'il s'était mis sérieusement à l'œuvre, rien de si étrange et de si monstrueux, pas de machines qu'il ne fût disposé à entreprendre, pas de vils emplois qu'il n'acceptât volontiers, pourvu qu'il arrivât à sa vengeance. Aussi le père Ferrier le connaissait bien quand il le choisit comme l'instrument de ses espionnages et de ses enquêtes! Il le savait faux, mais habile en toutes choses; faux sur le courage, avec la renommée d'un tireur d'épée; faux sur l'honneur, avec les apparences du gentilhomme; faux enfin sur la dévotion, en homme qui

sait que la dévotion est le grand chemin et le plus sûr
pour aller à la fortune. Et comme il fut facile à ces deux
hommes de s'entendre à demi-mot! Le marquis, avide et
glorieux, le jésuite, désintéressé et prudent; celui-ci un
des beaux de la cour, celui-là, un pédant dur et ferré
qui va traiter ce marquis en écolier obéissant; le marquis,
impétueux et tout en feu quand il faut un incendie; le jésuite, qui se complaît surtout à attiser le feu allumé par
un complice; le premier, méchant par la vanité même des
âmes méchantes; le second, se condamnant à des violences
dont personne ne lui sait gré et dont il est seul à savoir
la profondeur! Donc ils s'entendirent bien vite, et entre
ces deux créatures réunies par un mépris réciproque il
fut arrêté : 1° que la maison de l'Enfance était un temple
d'Egypte; au dehors l'or et le marbre, des chats et des
crocodiles au dedans; 2° que la supérieure de l'Enfance
méritait de mourir dans une bastille. « Mais comment s'y
prendre, disait le père Ferrier, pour s'introduire dans
cette maison si bien gardée? Par quels moyens pénétrer
dans cet incorruptible château fort? Cette femme se dé-
fendra; elle est très-protégée et très-entourée; dans la
ville même, les uns la regardent comme une sainte; les
autres la respectent comme une reine. Les pauvres l'appellent leur mère! Les malades lui disent : Ma sœur! Elle
tient sous sa loi absolue les filles des meilleures familles
du Languedoc et des provinces voisines; elle-même, elle
a déjà, et plus d'une fois, pressenti les embûches les plus
habiles, deviné les piéges les mieux tendus. Mademoiselle de Prohenque nous la devait livrer pieds et poings
liés; nous la tenions enfin; c'est elle, au contraire, qui a
ramené mademoiselle de Prohenque! Eh! mon Dieu! le
père Lachaise lui-même nous abandonne quand il s'agit
de cette Circé; car voici ce qui se passe à Versailles,
même chez le confesseur. Il avait vu à Lyon deux petits
tableaux d'un peintre de Bologne, nommé Antonio Varo;
sur cette toile des fruits, sur l'autre toile des fleurs; et
plus d'une fois il avait parlé de ces peintures qu'il nous

avait été impossible de retrouver. Or, jugez de notre désappointement et de sa joie, quand, ce matin, à son réveil, il a vu ces deux toiles d'Antonio Varo, placées au plus beau jour de son cabinet, avec ces mots sur le cadre d'or : « La supérieure perpétuelle de l'Enfance présente ses humbles respects au révérend père Lachaise, confesseur du roi! Nous tentons, vous et moi, une chose bien difficile, » ajoutait le terrible Ferrier.

A quoi M. de Saint-Gilles répondit qu'il saurait bien trouver un moyen de venir à bout de cette supérieure perpétuelle; il demandait seulement qu'on lui donnât carte blanche, et il se chargeait de mener la chose à bonne fin.

Il était l'ami et le galant, on disait même quelque chose de mieux, d'une grande coquette du Marais, extrêmement jolie et bien faite, avec beaucoup d'esprit, et dans l'esprit beaucoup de grâce, qui s'appelait, en son nom de demoiselle du beau monde, mademoiselle de Verduron. Elle avait bien... oui, elle avait vingt-cinq ans, mais sa figure gardait encore la teinte fraîche des premières fleurs de la plus tendre jeunesse. Sans appartenir tout à fait à la Place-Royale, elle était assez proche du centre jaseur de la belle galanterie pour que la dame pût dire hardiment : « Place-Royale! » quand son carrosse la ramenait de l'église ou de la comédie. Son salon tenait le milieu entre l'hôtel de Rambouillet et la maison du poëte Scarron, entre le bel esprit et la poésie burlesque, et elle y recevait, en hommes, la meilleure société de la ville et de la cour; physionomie haute, audacieuse, résolue; parlant français, disputant volontiers; avec des câlineries, de la flatterie, de l'intrigue au dernier point; son goût était exquis et faisait loi en habits, en religion, en meubles, en musique, en beau langage et en toutes sortes de belles élégances; c'était, comme on disait, un ambigu de prude et de coquette, raffinant sur le luxe et la dépense, réunissant les opinions d'Epicure à la morale relâchée, la comédie à l'oraison; aimant Dieu et surtout son prochain plus que

ne le permet saint Paul; lisant tout ensemble le catéchisme des petits-maîtres et le bréviaire des courtisans;
une femme bel esprit et décente avec art, qui se souvenait
de ces paroles de Saint-Evremont à mademoiselle de
Lenclos : « Là, voyons, pourquoi renoncer au ciel? Vous
vivez dans un pays où l'on a de merveilleux avantages
pour se sauver; le vice n'y est guère moins opposé à la
mode et aux belles manières qu'à la vertu et au savoir-vivre!
Etre damnée, fi! vous dis-je, c'est choquer la bienséance
autant que la religion! Autrefois il ne fallait être que méchant pour aller en enfer, aujourd'hui il faut encore être
malhonnête homme! Il est peut-être permis de n'avoir pas
de considération pour l'autre vie, mais il y faut penser né-
cessairement, par égard pour ce monde-ci.»

Pourtant, faite comme elle était pour remplir le monde
de foudres et d'éclairs, et parée de ces beaux yeux qui
n'étaient ni tristes ni sévères, elle commençait à se plaindre de l'aveuglement de la fortune qui la laissait monter
en graine et ramer contre le fil de l'eau. Les discurs de
phébus, complices de son miroir, lui avaient tant dit et
répété que l'amour et la beauté ouvrent toutes les portes
de la fortune, qu'elle commençait à se demander si elle
avait bien fait d'être insensible et galante, et s'il n'eût pas
mieux valu compter un peu plus sur la passion et sur la
constance, un peu moins sur la vanité et le plaisir. Quel
malheur, en effet! Elle avait si bien placé ses pièces et
ses batteries... pour faire tout au plus quelques légères
blessures aux passants! Elle était si alerte à découvrir son
soulier noir et à montrer ses belles dents blanches; mais
pourquoi? et pour qui? Elle prêtait si volontiers aux plus
grands seigneurs de la cour une oreille mignonne et attentive, et pas un n'avait prononcé, même tout bas, ce
mot qui les vaut tous : « Mariage! mariage! » Elle s'était
endormie ou, pour mieux dire, elle avait fait semblant de
dormir, hélas! sans que personne la réveillât, sur les
oreillers où s'endorment les belles pécheresses ambitieuses;
elle passait sa vie dans tous les endroits à la mode, sur

les remparts, au cours, aux Tuileries, dans les fêtes, dans les spectacles, aux symphonies; et de tant de soins, de peines et d'élégances en dentelles, en riches étoffes, en beau linge, en grande toilette du matin, du midi et du soir, qu'avait-elle recueilli, je vous prie? Rien que des bluets dans les blés et des alouettes dans les sillons. La belle avance d'avoir assisté à tous les offices, vêpres et saluts de la cathédrale, à tous les grands sermons, à la belle messe aux Feuillants ou aux Minimes, pour n'être encore qu'une vaine échelle en dehors du sanctuaire! La belle avance de n'avoir employé ses cinq sens de nature à aucun usage précisément malhonnête, si déjà la fortune ne veut plus de vous et se joue ailleurs? Autant valait se perdre gaiement par les plaisirs sans excuse! Eh! Dieu! voyez donc que de temps perdu à faire la sage et la prudente au beau milieu des cercles galants, des conversations enjouées, dans les lettres familières et autres prises de bec et de corps où tout s'effleure, où rien n'arrive à la conclusion, comédies sans dénoûment, qui ne valent pas les amours glorieusement et royalement illégitimes, les libres allures des badines et des folâtres dupées par les marquis, dupant les financiers, la main dans les mains de l'amant aimé et le nez dans le sein de l'opulence! D'ailleurs, à se tant fatiguer, à courir après la considération des honnêtes femmes, qui donc est sûre d'avoir le prix de la course? Parlez-nous, pour faire son chemin, de l'oisiveté du corps, de la paresse de l'esprit, de la haine des choses fatigantes. On n'est pas admise aux assemblées de charité, mais on préside les longs repas où le luxe est uni à la gourmandise : fleurs, cristaux, orfévrerie d'or et d'argent; on est à côté de la vertu et de la réforme, mais on a le droit de montrer ses bras et sa gorge, comme les hommes montrent leurs colliers d'ordre, leurs cordons et leur pourpre; les casuistes vous dénigrent, mais vous êtes la bienvenue dans la *Journée amoureuse* et dans les *Annales galantes*: les duchesses prononcent votre nom en s'abritant sous l'éventail... les poëtes vous dédient leurs madrigaux, sous les

noms transparents d'Elmire, de Philis, de Phryné ou de
Laïs; les vieilles filles désappointées, qui tiennent école
de pruderie, distillent à votre intention leur fiel et leur
venin saturé d'ambre et de musc... On s'en venge, on fait
reluire à leurs yeux éblouis ses bagues, ses colliers, ses
émeraudes, son rubis balais, ses éventails dorés, ses
poinçons de diamants; certes, à ce compte, on n'est plus
ni Ruth, ni Judith, ni Suzanne, on est bel et bien l'épouse
du cantique, et l'on s'enivre tant qu'on veut, à cette coupe
des enchantements, à laquelle c'est à peine si l'on a tou-
ché du bout des lèvres, tant que l'on conservait au fond
de l'âme de plus hautes et de plus sérieuses prétentions!

Tels étaient les éclairs, mêlés de gaieté et d'amertume,
qui passaient de temps à autre dans cette tête bouclée; la
dame faisait de son mieux pour se défendre contre la
tristesse, et d'un geste dédaigneux elle repoussait le temps
avec l'épaule, une épaule éblouissante de tout l'éclat du
mois de mai! Vains efforts! Déjà l'avenir se montrait sombre et menaçant! Ce bel âge, cette figure, ce grand air,
l'agrément de l'ensemble, le jeu ardent de cette double
prunelle, rien n'y faisait, et pour peu que cette belle Verduron fût abandonnée à elle-même, voici qu'elle lamentait
sa jeunesse mal employée, et tant de sacrifices inutiles, à
la bonne opinion de quelques gens qui lui savaient si peu
de gré de sa retenue; bref, elle en était venue à se demander, tout de bon, si elle mourrait sibylle, et si, ne pou-
vant pas tâter d'un mari, il ne lui faudrait pas tâter du
voile. Alors elle entrait dans toutes ses rages, et elle s'en
voulait à elle-même de n'avoir pas été tout de suite, et
tête levée, une Marion Delorme, une Ninon de Lenclos.» Oh! disait-elle, l'habile personne et le bon
père! » L'excellent père, en effet, ce raffiné joueur de luth
qui, de si bonne heure et si mélodieusement, avait éveillé
les cordes favorites de sa fille bien-aimée : l'oisiveté,
la fantaisie, l'inconstance, le doute, la volupté, autant
de cordes d'or ajoutées à ce luth d'ivoire qui rendait, et
au delà, tous les tons heureux que le bonhomme s'en
était promis!

Quand M. de Saint-Gilles se présenta chez mademoiselle de Verduron, il la trouva en déshabillé, mais sous les armes, comme une fille qui a appris de bonne heure qu'il faut ceindre ses reins et tenir sa lampe allumée. Sa maison était un vrai réduit, très-honorablement disposé pour la causerie, pour le mystère, pour les hasards, les présents et les dangers de la fortune. Là régnaient, maîtres souverains, échappés aux tours et aux détours de la carte de *Tendre*, toutes les imaginations du Parnasse des ruelles, le *Beau-Procédé*, la *Belle-Galanterie*, la *Belle-Manière*, et ces jolies inventions se montraient arrangées dans un ordre tout nouveau. La dame du logis savait son monde et son beau monde; même sous l'artifice qui l'entourait, on sentait la gentillesse; son luxe était un luxe poli et curieux : l'or aux lambris, les peintures au plafond et à l'alcôve, les tentures aux murailles, la soie aux fauteuils, où s'étaient assis le chevalier de Rohan, le comte de Saint-Agnan, le vicomte de Turenne, le prince de Marcillac, c'est-à-dire le plus élégant des La Rochefoucauld et le plus poli des courtisans. Il venait aussi, dans cette seconde chambre dorée digne d'Artémise, des écrivains, des beaux esprits, des poëtes; car, en ce moment, l'homme de lettres devient, sans y songer, l'égal, l'ami et souvent le rival heureux de l'homme de cour, et dans le *Verger de la poésie*, où fleurissait l'*Amaranthe* de M. de Gombaut, plus d'une fleur était éclose pour servir de bouquet aux *Divertissements* de Colletet, aux poésies du sieur de Saint-Amant, aux plaisantes *rencontres* de ce bouffon en belle humeur, le sieur de Neuf-Germain. Plus d'une fois, quand elle présidait ce *Cercle des femmes savantes*, où elle était à peu près la seule femme qui fût admise, la belle Verduron avait été comparée à la Sirène de messire Honoré d'Urfé, gentilhomme de la chambre du roi, comte de Châteauneuf et baron de Château-Morand. Le bel esprit et la galanterie avaient chassé les sérieuses pensées de ces lieux, si remplis de l'air des belles choses; la dame de céans les gardait pour elle seule, pleurant tout bas la nécessité où elle se trouvait de faire du mariage sa première aventure, elle qui se sentait la férocité des beautés les plus fatales au repos des humains. Elle avait beau rêver sans fin et sans cesse aux moyens d'employer sa beauté d'une façon plus digne d'elle que d'en faire un piége à prendre des maris, elle ne trouvait pas d'autre issue à ses projets. N'est pas qui veut la belle Hélène ou la reine Cléopâtre; il ne suffit pas de s'abandonner au bruit, à l'opinion, à la vanité, au commandement absolu; il ne suffit pas d'être l'arbitre, la causerie, la fête de chaque soir, le madrigal de chaque matin. l'heure arrive, et n'arrive que trop vite, où l'on s'aperçoit que l'on ne vit pas de billets doux, de confidences, de déclarations; du dépit de l'un, de la colère de celui-ci, de l'espérance d'un troisième; non! et plus on attend, et plus le passage devient difficile entre l'utile et l'agréable, entre le dérèglement et la contrainte, entre l'orgueil et la complaisance! Elle savait toutes ces choses, l'expérience les lui avait enseignées, et voilà comme elle était parvenue à conduire sa barque, sans toucher le rocher de Charybde non plus que l'écueil de Scylla; voilà aussi pourquoi elle avait le rire plein d'agrément et le parler de bienséance; le regard sérieux et le sourire provoquant; comment elle était sobre et délicate, parleuse et discrète; elle se méfiait à la fois de l'étude et du hasard, afin de rester toujours dans l'à-propos; elle était habile à relever la moindre parole, à badiner autour de la plus légère question, en un mot à représenter, par tous les moyens défendus et même permis, par les agréments, les trahisons, les caprices, la délicatesse, la parure, par le sérieux et la gaieté, la belle et frivole et passagère déesse de la jeunesse. Telle était l'œuvre à accomplir, la tâche acceptée, tel était le problème qu'il s'agissait de démontrer.

M. de Saint-Gilles se présentait chez ce miracle des belles, justement à l'heure privilégiée, à l'heure où les Arianes et les Angéliques de la rue des Tournelles se faisaient présenter les Roquelaures et les Bassompierres.

La dame, dans son cabinet, était à demi couchée sur un petit lit de jour; en robe ouverte, ornée de rosettes à la galantise, son écharpe à ses pieds, ses gants et ses coiffes sur sa toilette; elle avait trouvé naturellement une attitude choisie, où il y avait bien des endroits à cacher et des grâces à faire valoir; un corps agile même au repos; des pieds frétillants, croisés l'un sur l'autre; des yeux voilés semblables à un cache-feu plein d'étincelles qui tout à coup s'envolent du brasier caché sous la cendre. Cette belle personne, ainsi plongée dans la mollesse opulente de la vie oisive, pétillait de goût, d'esprit et d'inquiétude; l'ombre même et le clair-obscur ajoutaient leurs caprices à cette attitude capricieuse; plusieurs billets et sonnets, tout ouverts, jonchaient le tapis, et entre autres *la belle Matineuse* de Malleville :

> Mais Philis, se levant avecque le soleil,
> Dépouilla l'Orient de tout son appareil,
> Et de clair qu'il était le fit devenir sombre!

Elle-même, Philis de Verduron, piquée du démon poétique, et scandant à voix basse, sur ses jolis doigts, des paroles sonores, semblait sourire à son génie invisible, qui apportait à sa tête calmée les vents parfumés pour avoir traversé le *Parnasse des Muses*, les bosquets d'Uranie et les jardins de Céphise! Elle aimait cette musique de la langue parlée, cette recherche de la langue écrite, ce tour et ce détour chers à Balzac, à Voiture, et que nous copions de notre mieux, dans ces pages écrites, ou peu s'en faut, en style précieux. Oh! je vous prie, mon précieux chapitre, portez mes meilleurs compliments à mademoiselle Cathos et à son aimable cousine, mademoiselle Madelon.

« Vous venez à propos, marquis, fit-elle à M. de Saint-Gilles; je suis en train de poésie et vous m'aiderez, s'il

Poésies du sieur de Malleville, 1659.

vous plaît. Figurez-vous que je compose, pour le mariage
de madame de Fiesque, une pièce de musique intitulée les
Noces d'Isabelle, un opéra de paravent, et j'ai grand'peine
à le mettre sur ses pieds. » Et, moitié déclamation et
moitié chant, elle chantait :

> On vous trouve belle,
> Chacun vous le dit ;
> Mais être cruelle,
> C'est... dame Isabelle... dame Isabelle!...

Et, comme elle hésitait, M. de Saint-Gilles acheva la
chanson :

> C'est, dame Isabelle,
> Chose assez nouvelle,
> Qui sur notre esprit
> A peu de crédit.

— Très-bien! très-bien! s'écria mademoiselle de Verduron battant des mains; il y aura ici une reprise de violons, et, plus bas, les flûtes; mais il faudrait quatre vers
pour les flûtes... — Mettez donc, ma chère, ce petit distique pour commencer :

> Le temps est à l'amour
> Ce que la flûte est au tambour.

Ceci veut dire, mademoiselle, que vous soufflez dans
des flûtes dangereuses, et qu'il vous arrivera, si vous n'y
prenez garde, ce qui est arrivé à Robin, qui s'est souvenu
de ses flûtes. Comment donc une fille de votre esprit, et
dans cette position douteuse, peut-elle perdre son temps
en de pareilles bagatelles? Il s'agit bien ici du mariage de
madame de Fiesque; songez au vôtre, que vous n'avez pas
vu venir encore, qui arrive peut-être au grand galop,
comme fait l'occasion, et qui vous échappera si vous n'y
prenez garde! Quel triste métier vous faites là! vous rac-

commodez chaque matin les mailles de votre filet, qui se sont rompues à ne rien prendre; vous admirez complaisamment vos belles grâces traîtresses, qui ne trahissent que vous seule. Quand vous devriez conduire vos passions comme un ambitieux du premier ordre conduit sa fortune, vous leur mettez la bride sur le cou, ou plutôt vous les refrénez au rebours de l'habileté la plus vulgaire; au lieu de vous protéger et de vous défendre vous-même par le sang-froid et par la prévoyance, vous vous abandonnez au tempérament et à l'habitude; vous prenez de votre état ce qu'il a de pire, et quand vous devriez être au premier rang de votre église galante, vous vous contentez du petit collet et de la simple tonsure! Vraiment, vous tenez donc ces niaiseries plus chères que votre vie? Vous pensez donc vieillir tout à fait dans le déguisement et la mascarade, jusqu'à ce que vous alliez mourir décrépite au fond de votre province, sous un vieux toit et dans un lit d'emprunt? Pendant que vous jouez ce mauvais jeu d'habileté et de caprice, madame, les plus grandes ambitions s'accomplissent autour de vous par des femmes mouchetées qui en étaient réduites, pour la plupart, à se baigner à l'eau de fèves et au vinaigre distillé, à se couvrir de céruse, de rouge et de fiente de bœuf. Songez donc que la Du Mesnil, qui vous a élevée et qui pourrait être votre mère, vient d'épouser le maréchal de Grancey; elle est duchesse et elle cingle à pleines voiles vers les honneurs de la cour. Regardez autour de vous les fortunes élevées jusqu'aux nues par les grandes tendresses, et rougissez, ma chère, de n'être encore que mademoiselle de Verduron tout court, et tout au plus. Voyez, Marie Mignot va devenir la femme d'un roi, et l'on dira : Votre Majesté! à cette blanchisseuse! Voyez, la Beauvais, vieille et laide, et borgnesse, a trouvé le moyen d'avoir le vrai pas sur madame de Montespan, sur mademoiselle de La Vallière, sur la reine elle-même! De toutes parts, à Versailles, dans les provinces, à Londres, à Rome même, se rencontrent ces fortunes incroyables. Un cadet de Gascogne épouse en ce

moment la cousine germaine de Louis le Grand, avec
sept cent mille livres de rente; M. de Louvois, qu'a-t-il
fait de la Du Frénoy, la femme de son commis? Il l'a faite
dame du lit de la reine, une charge créée tout exprès par
cette infante! Saint-Ruth, un page de la maréchale de la
Meilleraie, est devenu son mari de conscience, comme elle
appelle cela; Vardes lui-même s'est emparé de la comtesse
de Soissons et des vingt-huit millions que le Mazarin a
laissés à cette Olympe, qui a pensé être reine de France.
En est-ce assez? Vous citerai-je votre ami, votre meilleur
ami, le chevalier de Lorraine, le maître de Monsieur, se
laissant conduire en laisse par mademoiselle de Fiennes,
le chevalier de Lorraine, ceci soit dit à votre honte, le
confident dont vous êtes la confidente, ô Verduron! Eh
quoi! vous n'avez pas été piquée d'honneur en voyant le
prince Charles déposer ses espérances impériales aux
pieds de mademoiselle de Saint-Remy? Que dites-vous
aussi de Chabot, qui reçoit dans ses bras dédaigneux mademoiselle de Rohan? Une Rohan, juste ciel! la propre
fille du prince de Montbazon, qui épouse un pareil cro-
quant avec aussi peu de sans-gêne que le duc d'York mademoiselle d'Elbeuf! Hier encore, le duc de Lorraine a
fait une princesse de madame de Sainte-Croix, votre camarade! Vous avez vu, plus d'une fois, dans la grande
allée des Tuileries, se promener mademoiselle de Ké-
roual... elle est aujourd'hui duchesse de Portsmouth!
Vous avez rencontré bien souvent, au balcon de la comédie, au serment des lignes suisses, à la Saint-Hubert de
Chantilly, se vautrant de la plaine au cours, dans un char
doré, Nina Barcarola, la courtisane? Sur ma parole! la
Barcarola est comtesse romaine et nièce d'un cardinal
qui est en train de devenir pape, sous le nom de Nina XXXVI. Voilà des exemples! en voilà de l'émulation!
Voilà, j'espère, des badines et des lascives qui ont fait de
leur coiffe à la fanfaronne une couronne héraldique, qui
ont changé leurs dormeuses de jour festonnées et leurs
manchettes à deux rangs contre un manteau de cour, leur

lit de repos contre un tabouret à Versailles! Donc je vous salue et vous honore, muguets et muguettes, garçons frais et fleuris, ambitions au teint vermeil, sublimes menteurs et éloquentes pécheresses en ruban de couleur, dont le nom seul doit être un remords pour la belle dame que voici et pour sa lâche tiédeur! »

Ainsi parlait M. de Saint-Gilles, plus éloquent et plus convaincu mille fois que s'il eût été le gouverneur du Languedoc, avec seize cent mille personnes à convertir en vingt-quatre heures. Mademoiselle de Verduron l'écoutait avec grande attention, mais sans rien témoigner dans ses yeux, dans ses gestes, sur son visage. Quand il eut tout dit, elle répliqua à son tour, d'une voix lente et sûre, ainsi se parlent deux êtres du même acabit, qui se connaissent à fond, qui voudraient bien se tromper l'un l'autre, mais sans espoir de réussir :

« Marquis, dit-elle, vous parlez comme le père Bridaine. Je lisais, l'autre jour, dans la vie de saint Antoine, écrite par saint Jérôme, que saint Antoine, allant trouver saint Paul, premier ermite, rencontra un faune en son chemin : le faune de saint Antoine, c'était le diable; le faune de la Verduron, c'est M. de Saint-Gilles. Mais pourquoi diable prendre ce long chemin et ce détour, à travers les broussailles du bel esprit, pour arriver à l'ermitage de la rue des Tournelles? Vous voulez quelque chose de moi, et vous voulez beaucoup, marquis! j'en suis sûre, si j'en juge par l'intérêt que vous me portez en ce moment. Parlez donc simplement, si c'est possible; j'ai vu quelques orages dans ma vie, et je leur ai tenu tête, Dieu merci!

« — En effet, mon bel ermite, j'ai une importante proposition à vous faire, et elle vaut la peine qu'on l'écoute : voilà pourquoi je me suis donné la peine d'être plus éloquent que d'habitude. Heureusement vous êtes une de ces personnes qui entendent à demi-mot; donc, écoutez-moi, et soyez tout oreilles; encore une fois, il ne s'agit pas ici de comédie et de chansons, non plus que d'aller à *l'Orangerie*, chez Gautier, choisir des robes ou des bijoux, d'ajouter un chant aux *Astrées*, de protéger des romances et des livres d'amourettes, de prendre parti pour *Lucas trop discret* contre *Athis trop heureux*, de savoir si la *Pomone* ou l'*Issy* du sieur Comber doit passer avant son *Alceste* ou son *Cadmus;* non, certes, il y va du plus grand intérêt de votre vie; et pardonnez-moi si j'insiste, illustre autel où brûlent tant d'encens, vous n'ignorez pas que le meilleur encens finit par se moisir; capricieuse dont les caprices sont des lois, j'arrive à vous tout exprès pour contrarier vos plus innocentes fantaisies. Regardez-moi, je suis le galant fossoyeur qui vient pour vous aider à enfermer, jusqu'au jour de la résurrection qui est prochaine, dans le tombeau de Climène, les peines et les plaisirs de l'amour. Mais, avant tout, répondez! Etes-vous digne d'entendre un bon avis et de le suivre? Savez-vous, par hasard, un autre jeu que la bassette? Savez-vous distinguer le fonds de terre, encentendez-vous, le fonds de terre, d'une bagatelle de parure et cela vous plaît-il mieux de payer la taille, comme le dernier paysan de votre pays natal, que d'être dame et maîtresse de votre paroisse et de placer votre écusson ingénieux sur le pilier de votre haute justice, où vous aurez le droit de faire pendre qui vous déplaît? Vous convient-il, enfin, mais là, sérieusement, de tourner une vie de peu d'éclat en une existence heureuse et honorée, ou bien n'êtes-vous, en fin de compte, qu'une petite fille bonne à peupler l'Amérique, quand une fois vous aurez la peau moins blanche et les cheveux moins noirs *?»

M. de Saint-Gilles, on le sait déjà, était de ces hommes qui ont au suprême degré le don de déplaire et de se faire obéir. Même dans ses meilleurs moments, ce monsieur-là ne plaisantait guère, et mademoiselle de Verduron, dans le sérieux de ce second exorde, devina une occa-

---

* Elles s'en vont peupler l'Amérique d'amours.

LA FONTAINE.

sion, l'occasion, cette porte qu'elle cherchait! En ce moment toute son âme passa dans son regard; jamais femme de cette liberté et de cette humeur ne fut maintenue à ce point, non pas même si quelque beau des petits appartements eût été à ses pieds, l'aigrette au chapeau, le chapeau retroussé par une boucle de diamants, la veste d'or et la fraise en point de Venise, le tout rehaussé de jeunesse, de noblesse, de bonne mine! De quoi eût parlé ce héros de l'OEil-de-Bœuf à cette personne lasse d'être admirée?... Il eût parlé d'amour; M. de Saint-Gilles, sans cacher son manége et sans le montrer, demanda à cette créature, occupée à attendre, chaque printemps, le retour des hirondelles, s'il lui conviendrait, conscience à part et probité à part, pour un certain temps, assez long ou assez court, d'abandonner sa vie de fêtes et de plaisirs : bals, ballets, promenades, collations, mascarades, assemblées, cadeaux, violons, ambigus, *media noche*, bijoux et pierreries, tableaux et statues, tous les larcins que peut faire, en se jouant, une princesse de la mode? Dame, la mission est difficile! Il faudra renoncer à la belle existence des voluptueuses de profession; il s'agit de relever, comme un autre Esdras, le temple et le peuple de Dieu! « Si vous acceptez, la belle dame, plus de commerce galant et les cinq propositions pour toute perspective; nous allons renvoyer, dos à dos, les intrigues commencées, afin de démontrer tout à notre aise que le concile est au-dessus du pape. Allons! courage! brisons d'une main ferme la tyrannie heureuse des passions et devenons tout au plus une simple petite coquette de janséniste qui retient sa langue, qui voile ses regards, qui met une sourdine à ses imaginations les plus heureuses! Renonçons, en faveur des grandes intrigues, à la liberté de tout entendre et de tout dire; employons notre tact et notre pénétration à découvrir des mystères de controverses, plutôt dignes d'occuper un théologal de province qu'une Célimène de Paris; appelons à notre aide les honnêtes et limpides apparences qui charment les cœurs sans les inquiéter; c'est si bon et si charmant, et ce sera si nouveau pour vous, la belle fille, le chaste abandon aux pensées sérieuses et retirées! Et comme vous serez suivie encore, quand on vous verra portant votre croix sur les épaules et votre *Journée du Chrétien* sous le bras! Tels sont, ou peu s'en faut, les sacrifices que je demande à votre amitié, ma chère Verduron, et que je vous conseille, en ami, dans l'intérêt de votre fortune, qui n'est rien aujourd'hui, qui sera au-dessous de rien après-demain. »

Et comme elle semblait ne rien comprendre encore à tant de paroles qui sortaient confusément de la bouche du marquis, ainsi que les gens sortent du sermon, le Saint-Gilles, qui avait le temps, et qui savait que la ligne courbe est le plus court chemin pour arriver au cœur des femmes, reprenait, après une pause inquiétante, le fil de son discours:

« On l'a dit bien souvent, ma chère, l'enfer d'une belle, c'est la vieillesse, la vieillesse compliquée d'abandon et de pauvreté. Une fille est bien avancée, pardieu! quand elle a fait de sa jeunesse la matière d'un joli conte, ou le sujet d'une comédie des Montdoris, des Champmêlés, des Floridors! Quelle plus grande difformité, un artiste de votre mérite, précipitant, par une timidité déplacée, le déclin de ses triomphes, et sifflée à la fin de sa carrière? Quoi! vous n'avez qu'à ouvrir la main pour la poser sur les biens solides, sur les grands biens, qui vous permettent de dire à tout venant : « Je suis riche; me voilà au large! » et vous hésiteriez, par un vain scrupule de conscience! Vous diriez de la fortune ce que disait l'abbé Ménage de madame de Sévigné : « C'est impossible! «Mais, dites-vous : Ma fierté! Ah! votre fierté, ma chère, que deviendra-t-elle, le jour où il faudra vous avouer à vous-même le dégoût des passions envolées, la nécessité de passer dévote, le couvent comme dernier abri, et l'obligation de pleurer visiblement vos meilleurs péchés, si vous voulez vous faire un sort? Prendre le roman par la queue, c'est un grand crime, demandez à mademoiselle de Scudéry; mais prendre le voile au rebours, se cloîtrer pour tout de bon, dire adieu au monde qui vous quitte, accueillir chrétiennement la pauvreté et ses hontes, parce qu'on n'a pas eu le cœur de violenter la fortune et ses gloires, voilà ce que j'appelle une faute! A moins que cela ne vous plaise davantage, mourir à petit feu entre son chat, son confesseur et sa guenon, en compagnie de ses oiseaux et de sa servante! Alors, s'il en était ainsi, à quoi bon l'esprit, le bon sens, l'ambition, le vice, la fine fleur de beauté et de jeunesse? Voyez la grande peine. Parce que le repos de madame sera troublé un instant, madame achètera ce repos d'une heure au prix de la flagellation, du jeûne, des pointes de fer et du cilice! madame aura renoncé, un mois ou deux, aux brimborions, aux fanfreluches, aux riches ameublements, aux migraines et aux vapeurs, aux rêveries et aux pistoles d'or, aux poudres qui couvrent les cheveux et aux cordes qui les frisent, aux mouchoirs de point coupé et aux corbeilles de rubans de la princesse de Clèves; et pour si peu d'absence, madame se croirait à jamais perdue, oubliée, dépassée, dédaignée! Non! non! ce serait vraiment faire trop bon marché de ces beaux yeux brillants comme deux escarboucles, qui commencent à me comprendre. Supposez donc, tout bonnement, que vous faites un voyage, loin de Paris, uniquement pour vous faire regretter; mieux encore, vous allez à Spa, dans ces bois, dans ces vallons, au bord de ces eaux salutaires où vous appellent vos insomnies : est-ce donc qu'à votre retour, revenant plus fraîche, plus reposée et plus nouvelle, vous ne retrouverez pas vos alcovistes ordinaires : marquis, poëtes, comédiens, chanteuses et chanteurs, et tous ces beaux courtisans qui donnent à votre salon la vraie odeur de la cour? Soyez en repos, belle Artémise, chacun sera à son poste pour vous recevoir; vous retrouverez sur leurs planches Montfleury et sa fille, la Desoillets et Floridor; les faiseurs de *Te Deum* et de *Gloria*, la Barre et Boisset, composeront de nouveaux motets à votre louange et à la louange de tous les saints; mademoiselle Hilaire et la vaillante Saint-Christophe, et la belle Cereamanam, et la très-passée signora Bergerotta vous appelleront de leurs belles voix chez l'ermite du Mont-Valérien. De bonne foi, est-ce que le monde va finir pour une absence de quelques semaines? Est-ce que, à votre retour, la *Clélie* n'aura pas une suite? Est-ce que la Rochois ne sera plus enrhumée? Est-ce que le duc de Saulx aura quitté madame de Cœuvres? Est-ce que le petit La Garde n'aura pas gardé précieusement la vieille marquise d'Uxelles? Allez, allez, le temps n'est pas si changeant qu'on veut bien le faire! Partez six mois et revenez, à peine si le marquis de la Luzerne aura épousé mademoiselle Picard; à peine si Philippe-Auguste Le Hardi de la Trousse se sera décidé à hasarder une timide déclaration à la facile madame La Motte d'Argencourt! Tout au plus si les beaux cheveux blonds de madame de la Beaume auront eu le temps de repousser. Heureux duc de Candale! Quel sacrifice, cette blonde chevelure sur votre tombeau! Encore une fois, ô Verduron de mon cœur, vous pouvez aller et venir, rien ne sera changé à votre retour! Sur votre toilette vous retrouverez Descartes, Gassendi et l'abbé d'Aubignac, en compagnie du *Courrier burlesque*, du *Mercure galant*, de la *Gazette de Hollande*, des *Historiettes* de Barbin, de la *Muse historique* de Loret. Madame de Lafayette fera toujours de petits romans; M. de Segrais, de longues idylles; le père de La Rue, des vers latins pour célébrer, à haute et intelligible voix, les conquêtes du roi. Même je vous promets du Racine et du Boileau, en veux-tu? en voilà! Sans compter la fin du *Menteur*, et le commencement de *Joconde*, si madame de Bouillon nous veut rendre Jean de La Fontaine; et plus que jamais, sur vos belles joues, les roses et les lis d'Amynthe, et les deux plus jolis pieds qui aient jamais appartenu aux deux plus jolies jambes, avec lesquelles vous aurez l'honneur d'être plus que jamais Verduron la divine; et des danses à en mourir de joie et de fatigue : tantôt les belles danses des grands appartements, la pavanne, le menuet, la pastorale d'A-

maryllis, ou le ballet de *Pélée et Thétis;* tantôt les ga-
vottes et les bourrées et les mascarades. On vous verra,
ma Philis, masquée en paysanne, le corset lacé de perles
et le bavolet couvert de diamants avec des pendants d'o-
reilles! Et si vous n'êtes pas contente de cet humble rôle,
on vous fera représenter l'*Amalazonthe* de Quinault!
Oui, et je veux moi-même vous faire danser dans un ballet du roi, sous les arbres du royal Fontainebleau, aux
sons enchanteurs de la bande des vingt-quatre violons,
en compagnie de mesdemoiselles de Pons, de Villeroy,
de Montbazon, de Châtillon, de Noailles, de Brancas, de
Guiche, de Nevers, d'Arpajon. Et maintenant que j'ai
assez tourné autour des questions, que vous êtes tout à
fait sérieuse et que vous oubliez votre madrigal commencé, écoutez-moi :

« J'ai une haine à accomplir et mon ambition à satisfaire; il faut que je me venge et que j'arrive à une charge
importante; c'est pourquoi j'ai besoin de vous, de votre
concours, de votre esprit, de votre habileté, de votre bon
sens même; car vous en avez fort, toutes les fois qu'il ne
s'agit pas de votre personne! A ces causes, je vous envoie,
aujourd'hui plutôt que demain, dans une maison du Languedoc, pour que vous nous disiez précisément, à moi et
à des gens qui sont derrière moi, tenant en leurs mains
puissantes les clefs de toutes les faveurs, ce qui se passe
dans ces ténèbres que personne n'a encore pénétrées. Il
faut que nous sachions par vous, heure par heure, et, s'il
se peut, mot pour mot, ce qui se dit, ce qui se fait et
même ce que l'on pense entre ces murailles où le roi seul
peut vous introduire. Je veux, vous aidant, livrer au roi
une ennemie, et me livrer à moi-même, afin de la traîner, fût-ce par les cheveux, à travers la honte qu'elle a
jetée sur moi et dans ces mêmes rues où j'ai été déshonoré par elle, une femme qui a plus de génie que tu
n'as d'esprit, ô ma chère Verduron! qui est plus coura-
geuse que tu n'es perfide, et dont la volonté, si elle les
devine, écrasera tous tes vices. Et si tu savais qu'elle est

belle et grande! à quelle hauteur est situé cet orgueil! Tu
le vois, je ne plaisante plus et je te dis tout.

» Sois avertie, en effet, et la bien avertie, qu'il y a
danger pour ta beauté à se comparer à cette beauté!
danger pour ta vie à affronter les colères et les vengeances
de cette seconde Christine, dans son palais d'emprunt!
Sois assurée enfin que si tu la trouves en crime, en faute,
en révolte, ou tout simplement en soupçon de révolte,
si tu es assez heureuse pour te faire adopter d'elle, elle
est habile et elle y voit clair! et si, adoptée et protégée
par son entière confiance, tu en profites pour la trahir
profondément, jusque dans le cœur, jusque dans les
moelles, de façon qu'elle crie et se lamente en mille sanglots, sous ta main de fer gantée de soie; si elle se débat
sous ta délation; si elle demande grâce et merci et miséricorde, en criant : « Pitié! pitié! » Non, non! point de
miséricorde! point de pitié! point de relâche! et surtout
pas de remords! Crache, si tu l'oses, sur ce beau visage!
Donne les plus violents démentis à cette parole éloquente!
Foule à tes pieds cette créature insolente, et fais en sorte
que tes souliers portent mon nom écrit, au talon, en lettres sanglantes de perles et d'émeraudes, afin que mon
nom reste imprimé, en guise de fleurs de lis, sur l'épaule
de cette misérable! C'est cela! pille et tue! mens et ca-
lomnie! fais comme si tu étais une enthousiaste de religion, une fanatique, une Saint-Barthélemy en bloc! Et si
tu fais cela, ma furie, et si je suis content de tes tor-
tures, mon bourreau, et si je trouve en toi seule les vengeances que je me promets et que j'espère... je suis déjà
riche, sans compter l'avenir... je suis gentilhomme,
connu du roi, bien venu à la cour; eh bien! j'envoie un
cierge de deux livres à l'autel des Quinze-Vingts, et, les
yeux fermés, je t'épouse! Oui, ma complice, vous serez
ma dame, et le nom de Verduron passera droit aux couronnes, à la couronne des marquises, avec tes armes,
une rose; pour supports, deux pivoines; un éventail pour
cimier; une devise : *ma beauté!* et même un cri de guerre.

Nos vengeances! Réunis, toi et moi, par un bon contrat à la mode de Normandie, comme deux Normands qui se méfient l'un de l'antre et qui s'épousent, ton audace mariée à mon astuce, tes vanités à mon amour-propre, ta religion à mon libertinage, tes nippes brodées, tes falbalas et tes rubans couleur de feu, aux roubles, aux piastres, aux ducats, aux florins, aux guinées, aux louis d'or de mon oncle le corsaire (à corsaire, corsaire et demi!), alors vous verrez, ma princesse, les charges, les dignités, les bénéfices, les pensions, les honneurs les plus enviés, les postes les plus difficiles, nous venir trouver en foule dans notre palais d'Amalthée, sous nos alcôves à balustre, dans nos jardins mêlés d'eau plate et d'eaux jaillissantes qui vont se perdre, sous des peupliers et des saules, dans un canal revêtu de marbre et de verdure! Que de longues récompenses pour une si petite trahison! Jusqu'à la fin de tes jours, tu rends hommage à toutes tes fantaisies! Désormais tu jases tout le jour; tu files, toute la nuit, des valets de pique, des dames de trèfle, des rois de cœur ou de carreau, et si tu perds, c'est que tu voudras perdre; et, ainsi heureux l'un par l'autre, et sans enfants, nous vieillirons dans les joies et les triomphes de ce bas-monde, entre l'envie et le respect unanimes, nous racontant, pour nous faire rire, ce merveilleux sacrilége que nous allons commettre à nous deux! »

Ici, nous l'avouons, le marquis de Saint-Gilles tomba, sans le vouloir, dans le dernier emportement. Après avoir tant tourné, si habilement et si longtemps, avec des précautions infinies, autour de l'obstacle, sa roue heurta l'obstacle, et s'y brisa du choc. Et voilà comme souvent les plus éprouvés scélérats, faute d'un peu de sang-froid, finissent par se trouver la tête dans un sac.

La Verduron, de son côté, n'était pas pour rien la femme la plus industrieuse des grands faubourgs à mettre de son côté le bon droit, le profit et le bon goût. Elle avait été plus d'une heure à comprendre le but de ce railleur;

mais quand elle le vit tourner soudain à la rage, elle se dit à elle-même qu'à la fin elle tenait son homme, et elle vit le Pérou ouvert! La main que cet homme lui proposait était, pour une femme de cet état, une fortune inespérée. Plus l'insinuation avait été longue, malhonnête, emportée, et plus la Verduron devait croire, en effet, à sa propre importance, et qu'elle était indispensable aux projets du marquis. Elle, alors, avec un accent très-net, mêlé pourtant de docilité et de déférence, entreprit de répondre à cette prosopopée *ab irato* d'une façon juste, polie et dévouée; du reste, bon mot à part, la Verduron n'était pas de ces femmes que l'on prend sans vert; aux plus beaux dons pour la satire, elle unissait les ressources les plus ingénieuses de l'hypocrisie; avec un esprit vif et juste, un langage libre et prudent, en un mot c'était une femme digne de l'ambition qui la poussait. M. de Grammont la comparait un jour aux armes d'Angleterre : « Des roses en peinture, des lions en action. »

« Monsieur, dit-elle à M. de Saint-Gilles, qui déjà se repentait de ses violences, vous avez été, ce me semble, long, diffus, railleur et bel esprit tout à votre aise; si je n'ai pas trop perdu le fil de ce beau discours, vous m'avez fait l'honneur de venir chez moi, armé jusqu'aux dents, tout exprès pour me proposer, au péril de ma vie peut-être, au risque de ma gloire à coup sûr, une suite, calculée à l'avance, des plus infâmes lâchetés et des trahisons les plus funestes, sauf, plus tard, et quand il n'y aura plus de danger pour vous, à me faire une certaine part dans les petits profits de vos vengeances. Ecoutez-moi donc à votre tour, et voyez si je vous ai bien compris.

» Il faut prendre tout à fait, et tout de suite, l'habit, l'attitude, le visage d'une chrétienne en habits blancs et toute semblable à ce tableau de mai que les peintres présentent, tous les printemps, à la chapelle de Notre-Dame. J'irai, je frapperai, on m'ouvrira; je me trouverai sous le toit d'une personne belle, éloquente, terrible, dont tout le crime est sans doute d'avoir offensé M. le marquis; et, prosternée aux pieds de cette femme, je lui demanderai sa protection, son amitié, sa bénédiction peut-être... Oui! je mangerai son pain, je boirai son vin, elle prendra soin de moi, comme une mère de sa fille... Est-ce bien cela?... Oui! et peu à peu, à force de soumission, de respect, de tendresse, de ferveur, cette femme, me trouvant un visage candide et toutes les chastes apparences de la probité, finira, peu à peu, par m'accorder sa confiance, un peu aujourd'hui, un peu demain; et moi, je serai attentive; je retiendrai mon souffle; l'oreille que voici vous sera vendue, la voix aussi, et la main. Je parlerai, j'écrirai, j'écouterai, je demanderai, j'espionnerai; au besoin, je me cacherai derrière le confessionnal pour entendre et pour tout redire! Si je puis, la nuit, écouter les rêves et les paroles sans suite, filles incohérentes du sommeil, eh bien! ce sera autant de gagné! J'aurai les yeux baissés pour cacher mes trahisons, et je marcherai dans les ombres, les pieds nus! Oh! je ferai là un beau métier! Pour mériter la main de M. le marquis et sa couronne, j'écrirai mon espionnage, note par note, comme Lambert et Molière le musicien notent leurs chansons, et j'irai chanter ma chanson délatrice sous les fenêtres du gouverneur! Pardieu! c'est clair, et vous n'avez pas besoin de tous ces discours; vous voulez que je soumette à vos vengeances la docilité de mon esprit, l'obéissance de mon âme, la délicatesse de ma conscience et celle de mon corps! Il faut que j'adopte et que je couve vos monstruosités les plus étranges, et ces obéissances, ces mensonges, ces haines et ces périls, uniquement parce que je suis une fille habile, que ma viduité me pèse et que je suis effrayée des difficultés d'en sortir? Est-ce bien cela, monsieur? Ai-je bien compris? M'avez-vous fait toucher au doigt et à l'œil le crime que vous me présentez? »

Elle disait ces choses à voix basse, d'une voix lente et froide, non pas avec l'accent d'une prude farouche, mais avec l'indignation d'une femme perdue, qui n'a pas encore

bu toute honte, d'une âme gênée à l'idée d'un crime tout
nouveau pour elle. En ce moment périlleux, elle avait le
courage, elle avait la vanité, et pour ainsi dire l'innocence
héroïque d'une fille ignorante de certaines feintes criminelles, et sans expérience dans l'hypocrisie des espions. On
eût dit, à la voir, que cette Aspasie était au désespoir
d'avoir inspiré assez de mépris pour qu'une pareille proposition lui fût adressée. Il y avait dans son indignation
plus que de la prud'homie, il y avait... j'ai presque dit un
brin de vertu, comme si elle eût voulu se faire pardonner
les folies de sa tête, par cette protestation subite de son
esprit et de son cœur.

« Certes, reprit-elle après une pause, et en ce moment
elle manqua de prudence à son tour, je ne ferai jamais,
que je sache, une grande religieuse, mais enfin, en m'ap-
pliquant, je tirerai parti du voile, comme je tire parti des
diamants et des perles. Au moins, une fois en religion,
aurai-je la joie et la consolation de me pleurer moi-même
et de raconter à mon directeur mes anciens péchés sans
trop en rougir. Humbles péchés féminins, vieillis en même
temps que nous, on les regrette même sous le *Confiteor;*
on cherche quelques reflets de la flamme dans la cendre
tiède encore, et si nous pleurons, nous autres Madeleines,
du moins un peu de tendresse se mêle à nos larmes. Bon!
vous voulez me faire peur avec vos cilices et vos ceintu-
res, comme si une galante, à l'étage où je suis, n'était
pas déjà à demi-dévote! Elle se donne à Dieu, comme
elle se donnait à Satan, moins jeune et moins belle, il est
vrai, mais à travers les mêmes tempêtes, les mêmes craintes, les mêmes troubles du cœur, et pour le moins autant
de transports, de désirs, d'espérances, de tristesses, de
langueurs. Galante, on sacrifiait ses amants ; dévote, on
s'immole soi-même ; on brisait le cœur de ses victimes,
on brise avec rage son propre cœur ; on se prend soi-
même par ses beaux cheveux (ce qui est moins cruel que
de les couper), et l'on se traîne à l'autel, si bien que l'on
est tout ensemble l'Agamemnon implacable et l'Iphigénie

immolée. Et pour quoi donc comptez-vous cette nouvelle infidélité, faite en bloc, à tant d'amoureux qui s'écrient : « O ma princesse! O ma charmante! » On les plante là pour ce nouvel époux, le bon Dieu, dont on est la fiancée, et l'on se raye du monde, et l'on se moque du monde et de ses marquis. Allez! allez! il y a encore de l'amour, même chez mes voisines les dames hospitalières de la Place-Royale, et même repentante et repentie, pour tout de bon, avec vos cilices, vos haires et vos pointes de fer, je serai moins à plaindre qu'à jouer, pour si peu, ce vil métier de votre délatrice et de votre espion. »

Tout ceci était assez bien raisonné; cependant la dame manqua son effet, faute d'un cri, d'un geste, d'une larme, d'un regard. « Oh! oh! s'écria M. de Saint-Gilles, voilà certes une comédie bien jouée, et peu s'en est fallu que je n'y fusse pris moi-même. Mais quelle mouche vous pique, madame? Et ne dirait-on pas que la statue de pierre est venue pour vous précipiter dans le trou du théâtre? Vous n'avez donc pas lu les *Changements de la Bergère Iris ?* C'était tout ce que je voulais de toi, ô bergère! Comment! ô Madeleine de Saint-Sorlin! en sommes-nous à ce point, vous et moi, que nous ayons besoin de tant de détours ? Je vous demande tout uniment : « Voulez-vous faire, de compte à demi, une infamie? » Vous répondez : « Tope là! » Très-bien! Vous dites : «Non!» C'est encore mieux, et bonsoir. Vous ne voulez pas de l'appui et protection des honnêtes gens; vous vous en tenez à l'assistance de Dieu : que Dieu vous bénisse! O l'habile et sainte femme, en effet, qui veut ôter au vice ce que le vice a de trop grossier, à la vertu ce qu'elle a de trop austère, et se réduire innocemment à ce qui l'accommode le mieux! Recevez, je vous prie, mes meilleurs compliments; je vais chercher ailleurs ma femme et ma vengeance, et... je vous baise les mains!

Ici mademoiselle de Verduron avec un sourire : « Chevalier, dit-elle, où donc trouverez-vous une confidente plus digne de vous, et mieux faite pour vous servir? »

« — J'ai changé d'idée, reprit M. de Saint-Gilles. Vous
êtes, en effet, une personne trop timorée et trop intelligente pour moi. Parlons franchement et jouons cartes
sur table : je n'ai pas besoin d'un complice, mais d'une
dupe ; mon affaire en ira mieux et plus sûrement, et à
moins de frais. Ainsi, que votre honnête conscience se
rassure ; j'aurai bien vite rencontré, dans quelque famille
plébéienne, une humble fille d'une pureté entière et parfaite, d'une humilité tendre et timide, cachant à sa main
gauche ce que fait sa main droite, se tenant sur ses gardes
et ne dormant que d'un œil, si elle dort ; transparente et
ignorante vertu, dans laquelle je pourrai voir toutes choses comme dans un miroir. Voilà, ou je me trompe fort,
un espionnage innocent, dont j'aurai tous les bénéfices,
dont personne n'aura les remords, un bouquet de mirrhe,
fasciculus mirrhœ, comme disait le père Bourdaloue
l'autre jour. — Vous croyez ? reprit la Verduron qui se
sentit devinée, un bouquet de mirrhe ! Eh ! mon Dieu !
je le souhaite ; mais moi, que vous dédaignez, j'aurais été
dans ce couvent, que vous voulez avoir par surprise, la
vraie épouse du *Cantique des cantiques* : elle ne trouve
pas son bien-aimé, elle court, elle se lève, elle se fatigue ;
elle va et vient, de tous côtés, troublée, inquiète, malheureuse, agitée ; voilà comme on aime les gens et
comme on les sert. A quoi bon votre bouquet de mirrhe,
quand le cèdre est à vous ? Dites plutôt comme Pharaon :
« Je suis un Dieu, puisque j'ai le cœur d'un Dieu ! »
Chevalier, je serai ton cœur : tu veux une grande trom-
perie, je serai ta trompeuse ; une machination pleine d'artifice, me voici ! Je vois ton regard qui me dit : Lève-toi,
en toute hâte, mon épouse, ma colombe, et va où je t'envoie ! » Eh bien, j'y vais, marquis ; et sois tranquille,
j'aurai cette bonne finesse que tu me recommandes. Pour
te plaire, la clôture me sera aimable ; le voile me paraîtra
une parure ; je dirai que le carême est un carnaval, et si
je me plains, une fois dans la place assiégée, je me plain-
drai comme la captive Calixton :

Un chacun des archers, sitôt qu'il la regarde,
En devient le captif au lieu d'en être en garde.

« Comptez donc, mon cher maître et seigneur, sur le
zèle de votre servante, sur ses austérités, sur son ardeur
à faire des neuvaines et à réciter la prose : *Veni sancte ;*
à chacune de mes prières j'ajouterai (pensant à vous) :
Que sa volonté soit faite ! Puis une fois arrivée à la *col-*
lecte, c'est un soin que je vous laisse, si tant est que vous
m'ayez trouvée assez étroitement unie à vos troubles, à
votre agonie, à votre tristesse profonde. « Je serai aux
portes pour veiller à ce qui se passera ! » dit le prophète.
Il dit aussi : «Méfiez-vous du violon, et jouez de la harpe;
car autant le violon a fait de démoniaques, autant la
harpe a guéri de possédés ! » Voyez ! je bouche mes oreilles à la sarabande, quand même il s'agirait des violons
du roi !

C'est ainsi que cette dangereuse fille savait prendre tous
les tons de l'Eglise, parole et musique, comme elle en
trouvait, au besoin, tous les textes. Elle avait reçu une
éducation chrétienne, et par plaisir même, autant que par
habitude et par savoir-vivre, elle n'avait jamais manqué
aux lectures, aux cérémonies, aux apparences, aux éti-
quettes de la dévotion. Quand elle eut ainsi raillé, elle
reprit d'un ton plus naturel :

« Vous dites, marquis, que vous n'envoyez à Toulouse?

« — Ai-je dit Toulouse? s'écria M. de Saint-Gilles.—
Vous avez dit : Languedoc! Or, vous êtes de Toulouse;
il s'agit de m'ouvrir les portes d'une maison religieuse, mal
notée à la cour : voilà tout votre secret, ou peu s'en faut.
Croyez-moi, dites-moi le reste, car si je veux le savoir tout
au long, je le saurai ce soir par M. de Verneuil ou par M. de
Besons, qui arrivent du midi. Vous êtes donc entre mes
mains; je vous tiens : il faut que je perde cette femme ou
que je l'avertisse de vos bonnes intentions, et comme dit

le saint livre : « Qui n'est pas pour moi est contre moi!»
— Mais cette grande colère de tout à l'heure? — Je voulais marchander avec vous; c'est un essai qui ne m'a pas réussi! — Et vous êtes décidée... —A tout, pour devenir la marquise de Saint-Gilles et autres lieux, si tant est que vous ayez parlé sérieusement. — Lycurgue a mieux aimé renoncer à la couronne que de répudier ses amours, ma chère Verduron. — Autre exemple, mon cher marquis; dans l'Ecriture sainte, un prophète épouse une courtisane par ordre de Dieu! — Et l'on ne voit pas que ce ménage ait plus mal tourné que tant d'autres. — Troc pour troc; mais si la récompense vous plaît, je vous répète que l'œuvre est difficile à tenter. —Encore quarante jours, et Ninive sera détruite! — Oui, mais pour renverser Ninive, il faut changer en jeûne la superfluité de ces banquets, en humilité son orgueil, en sanglots ces profanes chansons et le hennissement des cœurs lascifs. C'est toi qu'il faut invoquer, sainte chasteté, fleur de la vertu, ornement immortel des corps mortels. Il faut briser cette coupe d'onix, remplie du vin des passions et des criminelles délices; oublions, il en est temps, les rondeaux de Bensérade et de tout autre phénix de la poésie chantante, pour chanter le tire-lire de la pieuse alouette et des rossignols spirituels; cessons de nous aimer en personne, et tâchons d'être dégoûtés de nous-mêmes, comme si nous n'étions plus qu'un cadavre ambulant. — Vous savez, marquis, ce que disait le maréchal d'Uxelles lorsque le roi lui envoya l'ordre du saint-Esprit? « Je le veux bien, disait-il; mais si l'ordre m'empêche d'aller au cabaret et chez les... dames : remportez-le! » Ainsi moi! — Mais croyez-vous donc entrer dans ma citadelle comme le roi au parlement, éperonné, botté et le fouet à la main? Entrez-y avec toutes les apparences favorables, et si vous en sortez saine et sauve, sur ma parole, vous aurez traversé un grand danger. — Peuh! fit-elle, on est belle et l'on s'estime un peu; parce qu'on a de beaux ajustements, que l'on a vécu dans l'abondance, que l'on se connaît en bonne

ère, que l'on sait distinguer le vin de rivière du vin de
ontagne, et que l'on s'est fait une pauvreté à la Sénèque,
on saura tirer bon parti du pain bis et de l'eau claire; la
robe de saint Bernard peut avoir bonne grâce sur cette
taille longue, ronde, aisée, menue; ce corps mortel, même
privé de l'ornement de tant de métiers qui travaillent à
l'embellir, saura bien se suffire à lui-même; je veux bien,
s'il le faut, traiter comme un excrément superflu de la nature cette chevelure de Bérénice :

    Et maltraiter ces beaux cheveux
    Dignes objets de tant de vœux...

les connaisseurs retrouveront toujours, je l'espère, même
sus les haillons de la pénitente, la jeune femme habituée
porter les poudres, les essences, les parures, les habits
même les nudités que lui donnait le péché. —Au fait,
prit M. de Saint-Gilles, vous et moi nous exagérons un
peu les choses; je ne vous envoie pas, tant sans faut, chez
carmélites, dans les flots, dans les abîmes, dans les
mises de bure et les draps de toile écrue; à Dieu ne
plaise, en effet, que je porte le couteau dans vos jupes
brodées, et que je déchire votre beau linge blanc passé aux mille fleurs; tout au plus s'il vous faudra renoncer aux brimborions de votre beauté. Il suffira
que vous pleuriez un instant la mort d'Adonis, comme
dit le prophète : *Plangentes Adonidem;* tout le reste
sauvé, ou peu s'en faut. A peine si cette peau
fraîche et ferme sera effleurée d'une toile grossière;
à peine si les roses cueillies en passant auront le
s de sécher dans vos belles mains élégantes. O mon-
ine! ô douillette! vous conserverez les ornements indis-
sables; nous avons dans nos saintes demeures l'eau
ge et l'eau de Cordouc. L'oranger fleurit à Toulouse,
illet s'épanouit à Montpellier. La Providence est une
use fière et parfumée; faites comme elle, et vous aurez
r elle cet avantage que, grâce à ces beaux yeux pour

tout voir, à ces oreilles faites pour tout entendre, à cet esprit habile à saisir l'occasion et à s'y imprégner comme l'huile de l'olivier sur un habit de laine, eh bien! vous serez riche et vous n'en serez que plus fière. Alors, et pour une privation de quelques jours, considérez quelle affluence de biens, quels succès, quelle fortune! Pour un instants d'ascétisme, quel plus heureux ménage que le nôtre, et mieux assorti, ma chère marquise? Une fois libre, tu pourras t'abandonner à tes onze passions, aux vapeurs de ton cerveau, aux battements de ton cœur; tu te jetteras, les yeux fermés et la tête la première, dans ces abîmes charmants que l'on cherche, parce qu'on est sûre d'y tomber; tu n'écouteras plus désormais que tes larmes, tes joies, tes spasmes, tes frissons; tu obéiras incessamment aux sciences de ton esprit, à la mollesse de ton corps, aux mille petits vices qui réveillent et entretiennent les grandes joies : le goût, le toucher, le son, la vapeur enivrante qui s'exhale de toutes les passions faciles! O heureuse! qui mettras à profit, dans une seule minute, le présent, le passé, l'avenir, mêlant le bruit au silence, le sommeil au délire, le jeu chatoyant de la lumière oisive à l'éclat primitif de l'or et du soleil, pendant que tes esprits, vifs et rapides comme la pensée, se glissent à travers tes sens doucement excités, semblables à une légion de démons roses, qui se prêtent la main l'un à l'autre dans une ronde amoureuse. C'est alors, par Dieu! que la volonté souveraine frappera d'une main sûr ces veines, ces tendons et ces fibres, qui frémissent à travers le tissu de ta peau rajeunie par le bain matinal. Tu vois, ô Verduron verdurette, que je te fais ton paradis comme tu l'entends. «—Il se fait tard, voici bien longtemps que nous causons, résumons-nous, marquis. Cette femme est terrible, dites-vous? — Figurez-vous Sémiramis en personne. Si elle vous surprend en flagrant délit de trahison ou de mensonge, elle peut vous précipiter au fin fond d'un *vade in pace*, pis que cela, elle peut vous forcer à l'adorer à genoux. — Et son âge? — Trente ans!

— J'en ai vingt-cinq; nous sommes l'une et l'autre à deux de jeu! — Oui, mais elle a la beauté et l'orgueil d'une Romaine, le courage d'un soldat, l'esprit de Voiture, l'éloquence de l'évêque de Meaux; elle y voit loin, et ce qu'elle ne voit pas, elle le devine. Vierge folle, il faut agir comme une vierge sage, ou tout est perdu! »

Les discours de M. de Saint-Gilles sonnaient, comme autant d'accords parfaits, aux oreilles de la belle Verduron; la voilà donc qui foulait aux pieds l'orgueil de ce marquis! Mais plus il jouait cartes sur table avec elle, et plus elle tenait à l'entortiller dans les mille chaînes qui devaient le traîner à l'autel.

« Çà, monseigneur, j'ai tout vu et tout pesé; je suis vôtre, à mes risques et périls; écoutez cependant mes conditions ».

— J'écoute. — Vous aurez un ordre de la cour. — Je l'aurai. — Vous écrirez tout de suite, sur cette table, avec la plume que voici, une promesse de mariage, en mon nom et au vôtre, non pas avec dédit et stipulation d'argent, mais avec une explication nette et précise, comment vous épousez la belle dame ici présente, en légitime mariage et en légitime récompense d'une infamie commise à votre service. Je m'explique; il faut qu'au besoin, et si vous devenez volage, cette promesse de mariage nous déshonore l'un et l'autre et vous perde en me perdant. — La voici! Etes-vous contente? Je promets... Lisez! — C'est cela!... Quand nous marions-nous? — Quand ma vengeance sera accomplie et quand mon oncle sera mort. — J'entends; l'oncle rêve pour son neveu une belle alliance, et il ne serait guère jaloux d'avoir pour sa nièce mademoiselle de Verduron. Mais, à propos de nièce, il me semble que vous en avez une, marquis? — Oui; une enfant assez pauvre, dont notre oncle sait à peine le nom. Et justement, dans la maison où je vous envoie, on élève cette petite fille par charité. — Vous me donnerez en douaire la fortune de cet oncle. — Une grande partie du moins, et, entre autres, le droit de nommer un prêtre à votre choix à un petit prieuré de cinq cents livres, qui est à ma nomination. »

M. de Saint-Gilles avait écrit sa promesse de mariage; il la signa séance tenante : « *Compactum est!* » dit-il.

Elle lut, mot à mot, ce terrible papier; elle le plia en quatre, et, le glissant entre sa gorgerette et sa gorge, elle dit, les lèvres serrées : « *Compactum est!* »

« C'est comme si le pape Simplice y avait passé! » reprit le marquis.

— J'aime autant le pape Formose, répondit-elle, et surtout le pape Libère; à pédant, pédant et demi. — Adieu! et préparez-vous à partir au premier signal.»

Restée seule, elle leva l'épaule d'un petit air de menace, et se mit à rimailler de nouveau :

On vous trouve belle,
Chacun vous le dit;
Mais être cruelle...
C'est, dame Isabelle...

« Au fait, dit-elle, il est temps de me mettre à ma toilette; mais, auparavant, serrons avec soin ce billet de la Châtre... Je réponds, moi, que celui-là sera bon! » Et, se tournant vers la porte d'un geste menaçant :

« Souviens-toi seulement que je suis Cornélie. »

<hr>

XIV

M. de Saint-Gilles habitait en ce moment une chambre chez le baigneur. C'était la mode; ce siècle aimait la retraite autant que le bruit, le silence autant que la gloire. Telle grande dame, aux jours de la sainte Pâques, &

retirait de la foule pour cinq ou six semaines, et, entrée au couvent, s'abandonnait à la méditation, à la prière, aux bonnes œuvres, pour retrouver sur ce seuil, plus charmantes et plus vives, les passions du siècle. Tel gentilhomme, fatigué de plaisirs, se cachait chez le baigneur, et là, inconnu, sans nom, hors du monde, il veillait beaucoup à sa santé, un peu à ses affaires, songeant aux moyens de briser ses vieilles amours et d'en commencer de nouvelles. C'était aussi une convention tacite que l'homme retiré là devenait invisible, même pour ses meilleurs amis; c'était une halte, c'était un repos respecté de tous et même des créanciers.

M. de Saint-Gilles était donc rentré dans sa cachette avec le profond souci d'un homme qui vient de prendre un engagement très-grave et qui songe déjà aux moyens de le rompre, lorsqu'on lui remit, à son nom et sans adresse, un pli qui sentait d'une lieue les précautions funèbres et l'intrigue canonique. Cette lettre avait été apportée en hâte par un homme en long chapeau, en pourpoint à ailerons, en bottines et sans aiguillettes à ses chausses. Depuis vingt ans que les beaux de la cour faisaient leurs petites retraites dans cette honorable maison, jamais lettre pareille, apportée par un commissionnaire ainsi tourné, n'avait troublé la quiétude de ces eaux thermales. La lettre était cachetée de noir et elle ajoutait, par toutes ces sinistres apparences, une ombre de plus dans ce cabinet mal éclairé qui semblait tout disposé pour évoquer l'ombre de Samuel.

Vous rappelez-vous avoir rencontré, quand vous étiez jeune, dans quelque cathédrale échappée au marteau des Vandales, une de ces vieilles horloges qui, avant de sonner l'heure, déroulaient lentement, sous vos yeux éblouis, le spectacle immense de la passion de Notre Seigneur? Ici les apôtres, plus loin les pharisiens, et Caïphe, et Pilate, et la croix, et la couronne d'épines, et le Golgotha, et le voile du temple, et la girouette railleuse, et... le coq chanta! spectacle rempli d'une angoisse indicible, et cependant l'aiguille respectueuse attendait, avant de marquer l'heure immobile, que ce drame divin se fût accompli. Que d'impatience alors! Mais quoi! l'heure s'arrête jusqu'à l'instant où Notre Seigneur sera remonté dans sa gloire, au milieu de la résurrection éternelle! A la fin tout se refermait en cadence, et l'heure tombait du haut même de cette résurrection.

Telle fut l'angoisse du marquis à l'aspect de cette lettre sinistre; il hésitait à l'ouvrir, et, à peine ouverte, il hésitait à la lire, tant il était sûr de tomber sur une mauvaise nouvelle!

C'était, en effet, une lettre du père Ferrier, et en ces termes :

« Votre oncle est mort, la semaine passée, à Utrecht, où il a rencontré notre ennemi commun, M. Arnauld. M. Arnauld, consulté par ce pirate, lui a fait déchirer son testament, et la supérieure perpétuelle de l'Enfance est instituée la légataire universelle de cette fortune, votre dernière espérance, sur laquelle vous aviez tant de raisons et tant de motifs de compter.

» Quoi d'étonnant? Tous les jansénistes se tiennent d'un bout du monde à l'autre, et je ne serais pas surpris que tout cet argent déposé à la banque d'Amsterdam ne tombât, un jour ou l'autre, dans la *boîte à Perrette*, comme ils appellent leur trésor. Il paraît cependant que jusqu'à nouvel ordre cet argent n'appartient qu'en fidéicommis à madame de Mondonville qui en tiendra compte à votre nièce, sa fille adoptive, mademoiselle d'Hortis. Mais que vous importe, puisque dans l'un et l'autre cas votre ruine est à peu près sans remède, et qu'en cette occasion la bonne volonté du roi lui-même ne pourrait rien pour vous?

» Vous le voyez, nous sommes désormais inutiles l'un à l'autre, moi à vous, vous à moi! J'avais gardé quelque espérance du côté de Versailles, mais *Omega*, à qui j'en parle (M. de Basville), m'a signifié très-durement qu'il n'y avait plus d'espoir de ce côté-là; la reine vient de charger la supérieure perpétuelle d'accomplir pour elle un vœu qu'elle a fait à la sainte Vierge, et même, dit-on, elle a écrit à ce sujet une lettre de sa main royale, adressée à madame de Mondonville. C'est un coup de jarnac qui nous vient de Liancourt, l'asile et le refuge de tout ce qui tient à Port-Royal. Or, me disait *Omega*, nous avons contre nous, du côté de la reine, madame de Liancourt, sa dame d'honneur; du côté du roi, le prince de Marsillac, l'ami de madame de Thianges, et la sœur de celle-ci, madame de Montespan.

» J'y vois clair, et, croyez-moi, mon cher marquis, les choses en sont au point que jamais peut-être madame de Mondonville et sa maison de l'Enfance n'ont été en plus grande faveur, et n'ont joui d'une plus imposante et plus réelle sécurité. Résignons-nous et attendons des jours meilleurs, c'est le parti le plus sage. De quel droit le pot de terre voudrait-il lutter plus longtemps contre le pot de fer? L'unique arbitre de votre nièce et de sa fortune, c'est désormais madame de Mondonville! Elle seule, elle peut disposer de cette aimable jeune fille et de ses grands biens! Certes la récompense est assez belle et assez riche pour que la chance soit tentée, mais j'ai beau chercher si vous avez des droits incontestables, je ne vois personne au monde qui ait moins de chances que vous.

» Renvoyez-moi cette lettre quand vous l'aurez lue et méditée! Il faut oublier en même temps, jusqu'à nouvel ordre, que nous nous soyons jamais rencontrés; car j'ai oublié de vous dire que les deux hommes les plus respectés de la cour, M. le duc de Brancas et le maréchal de Bellefonds, deux amis de l'évêque de Meaux, se sont prononcés nettement contre vous, pour madame de Mondonville et sa pupille. Je vous baise les mains, monsieur le marquis! Songez à Dieu! Faites pénitence; vous êtes trop cruellement frappé pour que vous n'ayez pas commis quelque grand crime! Signé : *Custodinos*. »

Figurez-vous maintenant le marquis de Saint-Gilles en présence de notre horloge gothique de tout à l'heure; non.

jamais l'aiguille qui accomplit minutieusement tous ces
miracles de la patience mécanique ne parut plus lente au
jeune fiancé qui attend à l'autel sa fiancée et qui ne voit
rien venir, que la lettre de cet abominable Ferrier ne parut
longue au marquis de Saint-Gilles : il l'avait lue d'abord
d'un coup d'œil; il s'était mis ensuite à l'épeler comme
un enfant, s'arrêtant à chaque mot, à chaque douleur, à
chaque menace, à chaque coup de cette flagellation qui
s'agitait sur l'horloge muette de ses ambitions et de ses
rêves! Déshérité! déshérité! être déshérité avec de si
grandes dettes et de si petites terres! Avoir compté à ce
point sur l'héritage et sur la méchanceté de son oncle, et
soudain se voir réduit à la ruine, parce qu'il a plu à
M. Arnauld de parler du ciel à ce pirate à l'agonie! Oh
malheur! Renoncer à tant de domaines, de hautes futaies,
de prairies, de châteaux, de vassaux, de main-mortable,
de corvées, de tailles et de seigneuries, que représentait
cet argent placé hors de France; échanger contre une fumée une si ferme certitude de piédestal à tant d'inévitables
grandeurs; sentir l'abîme sous cette corde d'or et de soie
rompue en un clin d'œil, et, pour dernier résultat, mademoiselle de Verduron à épouser sans dot; la Verduron qui
peut-être ne voudra plus de cette main inutile!...

A cet avortement incroyable d'une fortune si obstiné-
ment conduite, cet abominable marquis fut véritablement
atterré. Un profond soupir sortit de sa poitrine, au lever
de ce fatal linceul qui lui montrait le cadavre inutile de
son oncle à la place de ses trésors! En ce moment, et pour
la première fois peut-être, cette âme forcenée d'ambition
fut en doute d'elle-même; tout lui échappait à la fois,
vengeance et fortune, deux passions si chèrement couvées,
qu'il eût été bien à plaindre si on lui eût dit : Choisis, la
fortune ou la vengeance! « Eh quoi! les plus profondes
horreurs, les noirceurs les plus longuement méditées et
les talents les plus noirs, voilà donc à quels résultats ont
abouti tant d'efforts! O malheur! pas d'autre grâce à attendre que celle-ci : me jeter aux pieds de madame de

Mondonville, et es mains jointes, le front dans la poudre, demander humblement grâce, merci, pitié! en la suppliant de me rendre ma nièce et son bien! O misérable, misérable que je suis! »

Ainsi se déroulaient, aux regards de ce malheureux, ses crimes pour le condamner, ses remords pour lui servir de châtiment.

XV

Retranchée au fond de sa maison, comme dans une forteresse inaccessible, la supérieure de l'Enfance ne songeait guère à cette alliance offensive du père Ferrier et du marquis de Saint-Gilles. Jamais elle ne s'était sentie plus forte au dedans, mieux défendue au dehors, et plus à l'abri de l'orage qui s'avançait. C'était l'heure où tout faisait silence dans ce domaine de la charité; les portes étaient fermées; l'ombre de la nuit et le sommeil s'étaient emparés de ces hautes murailles; seule, la souveraine de céans veillait encore. Elle veillait en proie à tant de souvenirs! O visions décevantes de la jeunesse qui s'en va, de l'âge mûr qui arrive! Printemps à peine évanouis, après lesquels le cœur humain voudrait courir! O labeurs des années sérieuses, menant avec elles leur cortége d'intrigues, de menaces, de trahisons, de vaine gloire, d'espérances trompées! Dans cette contemplation cruelle se perdait madame de Mondonville. Tantôt se montrait à elle, dans un lointain mystérieux, l'image affaiblie de M. de Ciron, pleurant les blessures de son cœur; tantôt lui apparaissait le féroce marquis de Saint-Gilles qui lui demandait compte de son propre déshonneur; ou bien c'était Guillemette qui, pour la seconde fois, franchissait l'obstacle, et se sauvait à travers la ville indignée.....

Elle voyait aussi sa fille adoptive, Marie d'Hortis, l'enfant
de son adoption et de son courage, et ce beau visage lui
semblait voilé d'une douleur sans nom. « Qu'as-tu donc,
et pourquoi ces soupirs, enfant, mon idole et mon chef-
d'œuvre? O ma petite d'Hortis! mon bonheur d'un instant!
Le repos des agitations de ma vie! la jeune et active
gaieté qui anime autour de moi toutes choses! ô mes
beaux yeux et si parlants et qui me disent tant de choses
d'un regard! Hélas! malheureuse que je suis, à quelles
misères je t'expose, ma fille bien-aimée; à quelles vengeances, si je succombe! Et cependant mon œuvre est
grande; je me suis proposé un noble but d'humanité et de
justice, et mon nom vivra, quoi qu'il arrive! » Ainsi se
parlait à elle-même cette femme qui était la force et le
courage en personne. A certaines idées de luttes et de
vengeances, elle relevait sa belle tête triomphante et son
regard s'animait d'un feu sombre; rien qu'à son geste de
commandement et d'empire, on eût reconnu la Junon de
Virgile : *Incedo regina!* L'instant d'après elle redevenait
une simple mortelle qui pâlit et qui tremble au moindre
souvenir de mille dangers, oubliés un instant. Elle écoutait! Elle prêtait l'oreille au moindre bruit; ou bien d'un
pied léger, quoique ferme, elle allait à sa fenêtre fermée,
interrogeant le vaste espace de ses jardins silencieux,
comme si ce regard perçant n'eût pas rencontré d'obstacle
dans cet entassement : masures, dortoirs, préaux, cha-
pelles, écoles, espaliers, caveaux funèbres, arcades, ave-
nues, pièces d'eau, jardins. Qui l'eût vue en ce moment,
cette intrépide, veillant seule au sommet de son Capitole,
l'eût trouvée aussi belle qu'il y a six ans, quand elle semblait une reine, dans le troupeau des duchesses, à Versailles. Elle était en toilette de nuit; les bras admirables,
ses beaux yeux pleins de tristesse et de clartés soudaines;
la plus belle tête et le plus noble visage. Chaque ornement
oublié sur sa toilette ajoutait une grâce à cette grâce
royale; elle était fière à la fois et touchante; on eût dit
une femme créée tout exprès pour jouer le rôle des reines

absolues, Marie de Médicis, par exemple, mais Marie de Médicis épouse, mère et belle-mère de trois grands rois, qui aurait écrasé sous son pied vainqueur le cardinal de Richelieu.

Tout à coup, par le sentier sonore qui menait de la porte Arnaud-Bernard à la cathédrale, se fit entendre le pas d'un cheval lancé au galop. Ce cheval s'arrêta à la porte de l'Enfance, comme si la bride eût été tenue par une main de fer. Au même instant on frappait à la porte de la maison, et une voix terrible disait : « Ouvrez! ouvrez! au nom du roi! » Au nom du roi! En ce temps-là, les murailles de Jéricho seraient tombées. C'était le mot d'ordre qui ouvrait ou qui fermait les bastilles! Au nom du roi! le moribond retenait son âme prête à partir pour un monde meilleur, la prière s'arrêtait suspendue aux tabernacles! Au nom du roi! la liberté civile et la liberté religieuse semblaient attendre de nouveaux ordres. Fallait-il aller en arrière? fallait-il aller en avant? c'était le grand motif de tous les ordres! c'était la grande raison de toutes les justices! Au nom du roi! tombait l'épée des mains du capitaine; au nom du roi! sont tombées misérablement : Worms, Spire, Frakendal; tout le bas Palatinat a été brûlé, par le grand Turenne, au nom du roi, et la Hollande a été prise en six semaines! Lui-même, le pontife romain, chef de l'Eglise et des princes catholiques, placé par-dessus les royaumes et les peuples pour édifier, planter et déraciner toutes choses, il inclinait sa triple couronne... au nom du roi!

Pensez donc si l'humble portière qui tenait les clefs de l'Enfance, réveillée en sursaut par cet ordre terrible, se hâta d'ouvrir les portes confiées à sa garde; il est écrit dans le saint livre : « Sois le bienvenu, toi qui viens au nom de Notre Seigneur! » à plus forte raison : Au nom du roi!

Les femmes ont un sixième sens qui leur fait reconnaître le danger à certains frémissements partis de l'âme. C'est ainsi qu'au bruit des portes tournant sur leurs gonds, à l'écho de l'escalier sonore où retentit le bruit du fer et de l'éperon, au silence même des chevaux et des cavaliers restés à la porte, madame de Mondonville comprit qu'un grand danger s'avançait, et tout de suite elle eut à la lèvre le nom du fantôme de cette nuit funeste. Un moment lui suffit pour rappeler sa résolution et son courage. Quand M. de Saint-Gilles entra, il trouva une femme prête à le recevoir, et il recula d'un pas, comme s'il eût regretté déjà de s'être trop avancé.

Madame de Mondonville était assise sur un siége élevé, sous sa lampe, en pleine lumière, et dans cette attitude à demi sauvage où le moindre geste devient une injure, où la politesse même est une insulte. Elle sentait qu'elle allait jouer une grande partie, et elle venait d'appeler à son aide toutes ses ressources. En ce moment, elle avait la taille, l'éclat, le visage de la Vénus armée qui porte la foudre et l'éclair dans ses yeux.

Le marquis, les yeux baissés et sa lettre à la main : « Madame, dit-il, je suis porteur d'un message de la reine pour la supérieure de l'Enfance. »

Madame de Mondonville, sans faire un geste et sans perdre de vue cet homme qu'elle dominait de toute la hauteur de son regard : « C'est bien! dit-elle, nous lirons la lettre de la reine demain, à la clarté du jour. Et, maintenant, laissez-nous! »

Certes M. de Saint-Gilles ne s'attendait pas à une grande réception; mais être le porteur d'un message royal et se voir chassé comme le dernier des laquais, c'était trop de mépris, même pour un pareil homme. Alors commença, dans le silence et dans le demi-jour, entre cet homme et cette femme, une de ces luttes froides où l'ironie et le mépris et la menace calme s'entretiennent à voix basse, dans le diapason d'une confidence amicale, la haine conservant toutes les apparences de la meilleure compagnie. Peu à peu cependant, la colère s'exhalant de cette âme irritée, madame de Mondonville parla non pas d'une voix plus haute mais plus accentuée et plus nette,

et sa main frôlant le visage du marquis; elle le traita
comme un mauvais écolier qui avait joué avec le feu et
qui s'y était brûlé; elle se moqua de ses embûches, de
ses lâchetés, de ses mensonges; en un mot, elle le traita
comme le dernier des marquis enfoncés et perdus dans la
plus vile populace de la cour.

Elle en dit tant, qu'elle finit par éclater tout à fait, et,
debout et s'enivrant elle-même de sa propre colère, et sa
voix grandissant à mesure que débordaient les irritations
de son cœur, elle s'abandonna, ivre de fureur, aux plus
incroyables violences; elle menaçait, elle insultait cet
homme qui était venu pour l'insulter. Hors d'elle-même,
elle tournait dans le fond de son petit réduit comme
tourne dans sa cage une lionne qui cherche sa proie à
dévorer.

En ce moment, une enfant qui dormait dans la chambre
voisine, se levant à la hâte, les yeux encore chargés de ce
beau premier sommeil de la première jeunesse, accourut
au bruit de ces voix irritées. Sur le seuil de la porte en-
tr'ouverte, l'enfant épouvantée s'écria : « Ma mère! ma
mère! » Elle était belle comme un ange, ou plutôt c'était
l'ange matinal qui venait interrompre ces discordes. A
l'aspect de sa fille, madame de Mondonville, lancée dans
cette colère, s'arrêta soudain et pâlit comme si elle eût
été frappée de mort.

Ce fut, à l'aspect de cette blanche apparition, un changement si complet dans la voix, dans le regard, dans l'é-
motion de madame de Mondonville, que la tête de Mé-
duse serait impuissante à reproduire ce changement de la
femme en statue, de l'âme en marbre, de la colère en silence, du triomphe en terreur. « Ah! s'écria-t-elle enfin,
que viens-tu faire ici, mon enfant? Quel mauvais rêve a
troublé ton sommeil? Va-t'en! va-t'en! au secours! au
secours! va-t'en! va-t'en! » Criant ainsi, parlant ainsi,
elle s'était arrêtée, immobile, au fond de la chambre. Le
marquis de Saint-Gilles se tenait au milieu. Mademoiselle d'Hortis était entrée dans cette arène par une porte

latérale, et elle regardait tour à tour, de ses yeux éblouis,
sa mère adoptive et cet étranger sorti de l'abîme, avec la
figure même de l'endurcissement. A la fin, M. de Saint-
Gilles comprit la terreur soudaine de sa mortelle ennemie; il devina ces larmes, ces sanglots, ces désespoirs, ces affres, et d'une voix très-calme : Vous êtes, je
le vois, mademoiselle d'Hortis? » dit-il à la jeune Marie;
et comme Marie hésitait à répondre, il ajouta : « Et moi,
mademoiselle, je suis votre oncle! je viens ici, porteur
des ordres du roi. Au nom de votre mère qui n'est plus,
au nom du roi, je vous ordonne de me suivre! » Et l'enfant, sans répondre, voulut en vain se débattre contre
cette étreinte de fer; la main de cet homme eût brisé ce
petit bras blanc et féminin plutôt que de le lâcher. Marie
était déjà dans l'antichambre, appelant enfin à son aide;
et madame de Mondonville n'avait pas encore retrouvé la
voix, le mouvement, l'intelligence, le souffle! « O ma
mère! ô ma mère! » disait la jeune fille en mille sanglots... le marquis l'entraînait sans répondre. A la fin
donc, il tenait sa vengeance; il tenait sa fortune! Il emportait avec sa nièce tout l'argent dont M. Arnault l'avait
déshérité; et voyant que madame restait immobile, il se
demandait si déjà elle était morte. Non, non, elle vivait
toujours, ou plutôt la voilà qui ressuscite, et bondissante,
comme la tigresse à qui le chasseur arrache ses petits,
elle rugit à faire trembler la cathédrale voisine. Ah! cette
fois, plus de ménagements, plus d'obstacles! Elle crie,
elle appelle : « A moi, les dieux! à moi, les hommes! Au
feu! au feu! au feu! Réveillez-vous, fille de l'Enfance!
réveillez-vous! Un voleur de nuit est entré chez moi et
vous enlève le plus beau fleuron de votre couronne! Au
secours! au secours! au feu! au feu! » A cette voix connue, la maison entière se réveille; les fenêtres s'illuminent
soudain, les cloches sonnent le tocsin des alarmes, les
longs corridors sombres se remplissent de bruit, de mouvement, d'agitations, et dans ce bruit, dans ce tumulte,
à chaque marche de l'escalier, sous la voûte sombre qui

conduit à la rue, on entendait la voix de la jeune fille enlevée, appelant : « Ma mère! ma mère! » et la mère qui répondait : « Mon enfant! mon enfant! »

Il faut savoir que l'appartement occupé par madame la supérieure était séparé de la porte d'entrée par une cour isolée du reste de la maison. Dans la muraille s'ouvrait une porte fermée à tous; mais tout à coup, au plus cruel moment de cette nuit cruelle, des voix d'hommes se firent entendre derrière cette porte. « Nous sommes à vous, madame, s'écriaient ces hommes; ouvrez-nous! »

En ce moment, en effet, si la porte se fût ouverte, M. de Saint-Gilles se voyait forcé d'abandonner sa victime, la mère éplorée retrouvait son enfant. Mais, ò puissance de la charité et du devoir accompli! on eût dit que ce secours inespéré brisait l'élan de cette femme; elle s'arrêta, elle revint sur ses pas, et elle s'assura que le verrou était poussé et que la porte ne pouvait s'ouvrir. Alors seulement elle reprit sa poursuite brûlante; mais il n'était plus temps, le ravisseur furieux avait gagné la rue; il avait jeté sur son cheval la petite Marie... O misère! le dernier effort de madame de Mondonville ne lui servit qu'à retenir le marquis par la poignée de son épée... l'épée resta entre les mains de cette infortunée, et le cheval, et le voleur, et l'enfant, furent emportés dans l'ombre du carrefour, l'enfant disant encore : « Ma mère! ô ma mère!... Sa voix et ses larmes se perdirent dans le lointain.

L'instant d'après, la terrible supérieure fermait elle-même, d'une main sûre, les portes de sa maison, et toutes choses rentraient dans l'ordre accoutumé, tant la reine de ces lieux avait fait une loi stricte de sa volonté et de l'obéissance à ses ordres. Elle-même, tenant encore à la main cette lâche épée, elle rentrait dans ses appartements, d'un pas aussi calme et aussi fier que si elle eût été attendue par des ambassadeurs venus d'Orient. Mais restée seule, et quand elle revit cette couche vide et tiède encore à la place où reposait tout à l'heure le corps de son enfant, cette femme, vaincue enfin par ce malheur inattendu, sentit tomber son orgueil; elle cacha sa tête dans ses mains, et elle se prit à pleurer. Grande pitié, ces larmes éloquentes qui partent d'un cœur blessé à mort. Elle pleura si bas que mademoiselle de Prohenque l'entendit pleurer. « Madame, dit-elle, nous voici, moi et mademoiselle d'Alençon, qui demandons notre part dans vos douleurs.

« — Ah! chères filles, s'écria madame de Mondonville, j'ai tout perdu! On nous enlève notre enfant bien-aimée! Un ami du roi... un voleur! O Marie! où es-tu? O malheureuse! ô lâche que je suis! je tenais cet homme au bout de cette vile épée, et je ne l'ai pas tué de mes mains! »

Disant ces mots, elle agitait, elle insultait, elle tâtait cette épée; et, chose étrange, voilà cette désolée qui pousse un long cri de joie et de triomphe. » Allons, dit-elle, le doigt sur le bout de l'épée, plus de larmes! Allons, rassurez-vous, et félicitez-moi; car, Dieu merci! j'ai conservé toute ma tête, et je vous jure que je tiens ma vengeance, aussi sûrement que je tiens l'épée d'un lâche et malhonnête homme! Voyez! regardez bien! Cette arme est au chiffre du marquis de Saint-Gilles; je l'ai toujours vue à son côté dans le fourreau! S'il le faut, vous témoignerez pour moi, quand je dirai demain les crimes de ce poignard! » En même temps, elle relevait sa tête superbe, l'éclair renaissait à ses yeux, la menace à son front, le sang à ses lèvres. Mademoiselle d'Alençon et mademoiselle de Prohenque, étonnées de cette fièvre, s'interrogeaient l'une et l'autre du regard.

La lettre de la reine de France était tombée sur le parquet de cette chambre, et madame de Mondonville la foulait à ses pieds. Ah! dit-elle, voici l'épître royale qui devait ouvrir les portes de notre maison. Ramassez-la, mademoiselle d'Alençon, et Prohenque nous la lira. »

Mademoiselle de Prohenque ramassa la lettre au cachet de la reine; elle brisa le cachet, non pas sans émotion et sans respect, et elle lut, d'une voix tremblante, ces lignes écrites en gros caractères, et d'une écriture peu lisible, comme il convenait à une princesse espagnole mariée au plus superbe des maris, au plus absolu des amants, au plus despote de tous les rois.

« Madame de Mondonville*, ayant appris que plusieurs personnes ont voué leurs enfants aux saintes Camilles, vierges et martyres, et ont reçu de grands secours du ciel par leur intercession, je me suis portée bien volontiers à mettre ceux que j'ai et qu'il plaira à Dieu de me donner sous leur protection; sur quoi je vous écris celle-ci pour vous prier et vous donner pouvoir d'aller visiter, en mon nom, le tombeau de ces saintes filles, d'y faire dire une messe à cette intention pendant neuf jours, et d'y faire aussi vœu à Dieu, et en leur honneur, d'entretenir deux jeunes demoiselles catholiques, nouvellement converties, dans la maison des filles de l'Enfance de Notre Seigneur Jésus-Christ, dont vous êtes la fondatrice. La piété et la vertu dont vous donnez des exemples tous les jours me persuadent que vous vous porterez bien volontiers à me rendre ce service.

» Sur ce, je prie Dieu, madame de Mondonville, qu'il vous ait en sa sainte et digne garde.

» MARIE-THÉRÈSE. »

« — Voilà qui vous sauve, madame! s'écria mademoiselle d'Alençon. Cette lettre à la main, vous redemanderez votre enfant que ce misérable a emportée comme un voleur de nuit! — Cette lettre! J'ai mieux que cette lettre! J'irai redemander mon enfant à main armée! J'irai demain, pas plus tard que demain, au parlement, l'épée nue, et nous verrons s'il y a encore des juges ici-bas et un Dieu dans le ciel! »

* Mémoire présenté au parlement de Toulouse par messire Guillaume de Julliard, prêtre, docteur en théologie, prévôt de l'Eglise métropolitaine de Toulouse.

Restée seule avec sa vengeance, elle s'endormit, tenant dans ses bras l'arme terrible qui devait l'aider à l'accomplir.

XVI

Avant que M. de Basville eût soumis à sa toute-puissante volonté cette province, amoureuse de ses priviléges et de ses franchises, le parlement de Toulouse était véritablement le roi et le maître du Languedoc. En vain Philippe le Bel, Charles VII et le roi Louis XI [*], réclamaient l'honneur de cette grande institution, l'origine de cette justice remontait aux fables, c'est-à-dire aux plus anciens titres de noblesse de la cité gallo-romaine. Le parlement de Toulouse se regardait, en effet, comme l'héritier direct du conseil des vieux druides; sénat terrible, où les hommes étaient appelés pour leur prudence et leur sagesse, où les femmes étaient admises pour leur inspiration et pour leur beauté. Certes, depuis longtemps, le druide avait cédé son trône au prêtre de Jésus-Christ; depuis longtemps la druidesse, au front couronné de verveine, avait renoncé à sa chaise curule sous le chêne de Teutatès; mais le respect était resté pour cette justice sacrée; mais la druidesse, en partant, avait laissé dans ce tabernacle sanglant, avec le parfum enivrant de sa couronne, toutes les passions cruelles et généreuses que renferme le cœur des femmes : la prévention, l'enthousiasme, les nuages mêlés de clartés soudaines, les vengeances improvisées, la clémence sans motif, pendant que les vieilles habitudes de l'antique conseil, l'obstination, la cruauté,

[*] Harmonie et conférences des magistrats romains avec les officiers françois. Lyon, 1574, p. 155.

l'énergie implacable, le fanatisme de ce qui est juste, survivaient aux lois abolies et se superposaient dans l'exercice des nouvelles justices. Voilà comment cette justice du Midi ressemble si peu à celle du Nord; ni celle-ci ni celle-là ne parlent la même langue, et si elles vont au même but, elles suivent des sentiers différents. La justice du Midi est la fille du soleil, le premier et le dernier empereur de la ville éternelle : *Sol dominus imperii romani*, disait l'empereur Marc-Aurèle; elle se compose des cris, des clameurs, des haines, des amours de ce fragment du monde romain; les impiétés et les crimes, l'offense faite à Dieu et l'outrage fait aux hommes, l'insulte aux rois et l'insulte au mendiant qui passe, les révoltes au dehors et la révolte au dedans, la guerre civile sous toutes ses faces, la guerre religieuse dans toutes ses fictions, la foi même, quand elle se change en faction, trouvaient certainement un écho, une âme, un appui, un châtiment, une vengeance dans cette magistrature, un des fleurons de la couronne, un glorieux rayon de sa gloire. Race virile de magistrats que la magistrature consacrait autant que l'eût fait la prêtrise, les escarboucles et les émeraudes dont la robe d'Astrée était parsemée, le soutien et le soleil de la monarchie; ils tenaient d'une main sûre la balance de Thémis et l'épée d'or que le prophète Jérémie a confiée à Judas Machabée. « Vous êtes des dieux sur la terre! disaient aux juges des cités de Judas les législateurs du peuple d'Israël. Vivantes images du Très-Haut, vous rendez la justice en son nom! » Aussi leur grande inquiétude c'était d'accomplir dignement l'œuvre et le travail de chaque jour.

Ils redoutaient pour eux-mêmes la lâcheté presque autant que l'injustice. Faut-il mettre le feu à la plaie pour la guérir? apportez le feu et la flamme! Chrétiens de père en fils, nés et nourris dans l'Église catholique, issus d'aïeux qui avaient été les plus âpres persécuteurs de l'hérésie, ils consacraient à l'administration de la plus implacable et de la plus exacte justice tout ce que des hommes, des

légistes, des théologiens, des citoyens armés, des sénateurs dans la pourpre et sur les lis, peuvent rencontrer
dans leur conscience de force, de vigueur et d'énergie.
Cette voix : « Vous êtes des dieux sur la terre! » retentis-
sait incessamment dans leurs âmes vaillantes et les en-
courageait à juger les hommes de la hauteur même de la
vertu. Cœurs indomptés, les larmes et les gémissements
du coupable leur semblaient une espèce de récompense;
le cri de l'accusation chatouillait agréablement ces oreilles
habituées à l'hyperbole, pendant que le jeu, la lutte et le
feu de l'éloquence, le bruit de ces trompettes et le murmure de ces claires fontaines leur rappelaient délicieuse-
ment les zéphirs et les tempêtes agitant les chênes de la
forêt druidique. Une fois assis sur ce trône éclatant d'autorité et de lumière, entre la pitié et la justice, sous l'é-
carlate et sous l'hermine, ils ne tenaient plus à la terre,
ils n'appartenaient plus qu'au devoir. Eux aussi ils pouvaient dire : « Nous, et le Saint-Esprit avec nous, nous
avons arrêté ce qui suit : *Placuit nobis et Spiritui
Sancto!* »

Leur vie entière était consacrée à cette science du
juste et de l'injuste, sans laquelle les royaumes ne seraient
plus que des brigandages. Ils excellaient à découvrir la
vérité sous les apparences, à discerner les occasions, à
soulever tous les voiles, à percer les nuages, à dominer le
caprice et la mobilité du bon plaisir, à tempérer par des
arrêts sans réplique le gouvernement absolu; magistrats
qui, par orgueil, seraient morts pour l'accomplissement
de leur devoir; et telle était cependant la logique rigoureuse de ces rares esprits, si infaillibles étaient leurs con-
jectures, que leur premier coup d'œil devenait presque
toujours un arrêt définitif.

Ils ont cela de grand et de naïf, qu'ils sont des hommes
avant que d'être des juges; ils ont cela de dangereux et
de terrible, qu'ils se plaisent aux deux extrémités de la
justice humaine, beaucoup plus que dans ce milieu patient
et attentif où réside l'équité prudente. Sur cette montagne

inaccessible aux têtes les plus hautes venaient se briser, flots impuissants autour d'un écueil, les richesses, la flatterie, la menace, l'autorité, la faveur, tout ce qui n'était pas la justice; qui que vous soyez, qui vous adressez à ce tribunal, et vous tous qu'il convoque à sa barre, approchez-vous, et soyez prêts à l'espérance sans bornes, à la terreur sans limites; point de milieu! les gémonies ou le triomphe! le trône ou le gibet!

Tantôt ils s'opposent, comme des héros, au pouvoir royal qui veut toujours s'agrandir; tantôt ils traînent au bûcher le libre arbitre qui ne veut pas céder! Aujourd'hui, ils vont réveiller à haute voix la rage sanglante des guerres civiles; le lendemain, ô bonheur! c'est le tyran qu'ils prendront à partie, c'est la tyrannie qu'ils égorgeront de leurs mains! Une fois lancés, rien ne les arrête, non pas même le crime de la destruction des misérables! Ne comptez pas, pour la bonté de votre cause, sur leurs penchants, sur leurs opinions, sur leurs passions personnelles. Royalistes, ils ont rendu à Dieu des actions de grâces pour le meurtre de Henri III! Amoureux d'urbanité et de beau langage, ils livrent au bourreau cet éloquent Vanini qui parlait un latin digne d'Octavien Auguste. Amis et protecteurs de ce peuple confié à leur garde, ils ont proclamé que ce   rait pendu qui oserait proclamer l'avénement du roi Henri IV, père du peuple. Catholiques, ils ont validé, de leur autorité souveraine, le testament de Bayle le réfugié, un enfant de Toulouse [1]!

Même au plus grand moment de l'autorité du roi absolu, la résistance féodale se faisait sentir dans cette cour suprême qui avait condamné un Montmorency pour crime de haute trahison.

Dans sa propre estime, et c'était beaucoup dire, le parlement de Toulouse se regardait comme l'égal de la cour de Paris; même en plein dix-septième siècle, il se rappelait le temps où la justice du royaume de France

---

1 Sur le rapport de M. de Sénaux.

était divisée en deux parts égales, en deux langues, la langue d'*oil* et la langue d'*oc*, la langue des amoureux et des poëtes, la langue voisine de l'Italie par Pétrarque, voisine de la Grèce par Marseille. Et qui disait le langage disait aussi les mœurs, les lois, les habitudes de ces deux nations, posées aux deux extrémités du même sceptre! Quant à l'autorité de ces cours souveraines, elle était immense; chaque parlement se mêlait de la paix, de la guerre, de la fortune de son peuple; le parlement était le droit, il dictait le devoir; il protégeait la loi et l'Evangile; les évêques et les seigneurs se réfugiaient à cette ombre intelligente et superbe; toutes les justices, et même celle du roi, relevaient de cette suprême justice, qui représentait au peuple de France l'ombre antique de ses premières libertés, l'aurore naissante et lointaine de ses libertés à venir.

Inspirés par des juges si faciles à l'éloquence, les grands avocats de la langue d'*oc* s'abandonnaient volontiers à l'inspiration et au génie du ciel natal; ils étaient éloquents pour le bonheur de bien parler; ils aimaient la gloire plus que la louange, la louange plus que l'argent; ils parlaient tour à tour en artistes, en savants, en citoyens; théologiens souvent, jurisconsultes parfois, orateurs toujours. C'était l'habitude, dans le barreau français, et même des plus grands avocats : Le Maître, Fourcroy, Pucelle, de compter pour beaucoup, non-seulement le visage de l'orateur, la régularité du geste et le choix des mots, mais encore la longueur de la période remplie, entraînant après elle l'énumération sans fin, habilement et abondamment nourrie de citations, d'allusions, de pathétique, de portraits, d'images, de déclamations. C'était une prodigalité étrange de mille choses opposées, dans lesquelles même le madrigal avait sa place, et même la chanson; sans compter le style fleuri, les traits brillants, la description, la morale dure et la morale relâchée, la doctrine, la stance, le panégyrique, l'accusation. Une fois lancé dans cette arène sans limites l'avocat appelait à son aide l'antiquité profane et l'antiquité religieuse; Homère et saint Jean Chrysostôme, Anacréon et Quintilien lui prêtaient tour à tour leurs plus rares passages. « Horace et sainte Cyrille, Ovide et Catulle, dit un moraliste, décidaient des mariages et venaient, avec les *pandectes*, au secours de la veuve et des pupilles. » Ces merveilleux avocats, enfants de Justinien et de Pindare, vos dignes aïeux, ô vous! les maîtres de l'éloquence moderne, inflexibles jouteurs qui, plus d'une fois, avez rencontré dans votre ardente parole le plus rude supplice qui se pût infliger à certains crimes au sommet de leur triomphe, marchaient dans ces obstacles d'un pas plus libre et plus dégagé qu'on ne pourrait croire. Au milieu de ces labyrinthes, ils savaient retrouver le fil d'Ariane; du livre le plus inattendu ils savaient tirer des arguments, qui ne manquaient ni d'autorité ni de grandeur. Dans cette fréquentation assidue des chefs-d'œuvre du philosophe ou du poëte, l'éloquence gagnait en étendue et en science ce qu'elle perdait en simplicité, et plus d'une fois l'inspiration se rencontra au fond d'un passage de l'Ecriture sainte ou de l'*Iliade*. Et quelle habileté pour tenir attentifs des juges remplis de cette science dont on se fait gloire! Et quelle recherche pour découvrir, dans cet entassement de souvenirs et de hasards, des choses qui aient échappé à la rhétorique de chaque jour! Tantôt, que de hardiesse à inventer une page de Cicéron! Tantôt, quelle fidélité à citer un vers d'Hésiode! Quelle mémoire! quel enthousiasme! quelle attention de l'avocat à ne pas dépasser les strictes limites! quel respect du juge à ne pas gêner la défense et le talent de l'homme qui lui parle! Et pour la ville entière, quelle fête, à l'annonce de ces luttes énergiques de l'éloquence, dans cette assemblée auguste, en présence de tous ces magistrats, la force du Languedoc, l'honneur de cette noblesse du Midi, qui était partout, au sénat pour défendre le droit, aux armées pour y défendre l'honneur, dans la chaire de vérité pour y parler du Dieu de l'Evangile, sur l'Océan pour y gagner

des continents nouveaux, partout, excepté à Versailles,
à la cour, chez les ministres, dans les royaumes de la faveur où se distribuaient les décorations et les fortunes;
âmes fières, contentes de peu, que rien n'étonne, que le
doute n'a pas touchées de son souffle! Honnêtes gens qui,
l'épée à la main ou le mortier sur la tête, croyaient à la
justice et à l'ordre, parce qu'ils croyaient en Dieu.

On était au lendemain de la Saint-Martin, la messe du
Saint-Esprit venait de finir, la ville était en fête, et à
travers ces rues couvertes de fleurs, au bruit solennel des
trompettes d'argent et de vermeil, au chant des cantiques,
au son du canon, et revêtus de la pourpre seigneuriale, les
membres de cet antique parlement venaient de rentrer
dans la chambre dorée où les attendaient les hommages
de la province soumise à leurs lois : les statues et les images vénérées des magistrats d'autrefois : Pierre de Saint-
André, Guillaume de Tournoër, Dufour, Catel, de Bé-
rail, Jean de Lavaur, Jean de Basilhac, Saint-Félix, Ca-
minade, Toureil, Fermat, Jean Dauvet, Etienne Duranti,
héros du courage civil, déchiré par le peuple, cette bête
féroce aux mille têtes, pour sa fidélité au roi son maître;
Gilles le Mazurier, mort au chevet des malades; Nicolas
de Verdun, mort sur le fauteuil... sur le trône du premier président de la cour souveraine des pairs. Du haut
de votre piédestal, entouré d'honneurs et de respects, vous
sembliez sourire encore à vos dignes successeurs, ombres
augustes, et leur recommander, par votre exemple même,
les libertés et les croyances confiées à leur sauvegarde!
Cette rentrée de la magistrature dans sa bonne ville de
Toulouse était comptée parmi les plus solennelles et les
plus heureuses journées, et le parlement, de son côté, tenait à honneur de se montrer au grand complet. Donc,
ce jour-là, vous pouviez voir, assis sur les hauts siéges,
à main droite et à main gauche, semblables aux dieux de
Syrie, qui se plaisaient, dit-on, dans cette patrie de l'o-
ranger et du myrte éternel, M. le premier président, sous
la pourpre te l'hermine; il était entouré des quatre prési-

dents et des deux présidents honoraires; venaient ensuite,
chacun en son ordre, les deux conseillers d'honneur et
les deux chevaliers d'honneur, précédés de monseigneur
l'archevêque, conseiller d'honneur né; puis les deux conseillers clercs, les conseillers laïques, les quinze conseillers honoraires, toute la grand'chambre, toute la tour-
nelle, la chambre des vacations, la première et la deuxième
des enquêtes, puis les gens du roi... et du peuple : l'avocat
général, le procureur général et leurs substituts; puis les
maîtres des requêtes, en robes de satin, sur un banc,
dans le parquet. Qui encore? Le greffier des présentations,
des affirmations; le greffier criminel, les greffiers garde-
sacs de la grand'chambre, des enquêtes et du petit criminel; étaient présents, du droit de leur charge ou de leur
dignité, l'évêque de Mirepoix, l'abbé de Saint-Saturnin,
le grand archidiacre de Béziers, et enfin, noble et digne
couronne, les cent dix-neuf avocats de la cour, les cent
onze procureurs, les officiers de chancellerie, les secrétai-
res du roi, audienciers et contrôleurs; les cours inférieu-
res, bureaux et sénéchaussée de Toulouse et du Languedoc,
les trésoriers royaux, en un mot, tout cet ensemble de
force morale et d'autorité civile qui faisait la grandeur et
la sécurité de cette noble province. Après le repos occupé
du magistrat ami des lettres, après l'oisiveté studieuse et
les fêtes champêtres des vacances, ils revenaient, les uns
et les autres, avec une nouvelle ardeur à leurs devoirs
nombreux et pénibles; lui-même donnant l'exemple, *monsieur le premier*, messire François de Clary, commandeur
du Saint-Esprit, conseiller du roi en son conseil d'Etat,
« qui étoit un bonhomme, affable à tous, familier à peu. »

Déjà le greffier en chef, revêtu de son épitoge et manteau fourré, après avoir pris l'ordre de M. le premier
président, avait déclaré toutes les chambres assemblées et
réclamé le silence de l'auditoire, lorsque, au moment
même où M. l'avocat général allait prononcer, dans
la langue éloquente du *pro archid poetâ*, la mer-
curiale de chaque année, soudain on vit entrer, dans

cette importante réunion de magistrats et de peuple, d'archevêques et de capitaines, de gentilshommes, de seigneurs, de chevaliers, et s'avancer, d'un pas ferme, aux pieds de la cour, cette femme, ou plutôt cette reine que Salomon avait prédite quand il a dit : « O belle entre les belles! montrez-nous ce visage plein de majesté; faites-nous entendre cette voix pleine d'harmonie! *Vox etenim tua dulcis et facies decora!* » Elle parut donc précédée, entourée et suivie de la suave odeur de sa beauté et de ses bonnes œuvres, et, semblables aux vieillards troyens, les sénateurs de Toulouse furent tentés de se lever de leurs siéges afin de mieux honorer cette Hélène! Les uns et les autres, dans cette enceinte, la connaissaient et la saluaient du geste et du regard. Les gens d'Aurillac et de Villefranche, ceux de Saint-Michel et ceux de Montaigu savaient son nom! Quand elle traversa cette foule pressée, elle fut saluée par les plus graves personnages de l'assistance : le prieur de Maravals, le grand prieur, l'abbé de Gimont, le commandeur de Bouvrac; elle-même, la dame prieure de Prouilhe lui offrit une place à ses côtés, tant cette femme avait témoigné, dans sa charité inépuisable, une bonté extraordinaire, un courage viril, une bienfaisance sans bornes. C'est que, dans cette cité des *Mille et une Nuits,* la supérieure de l'Enfance représentait le calife qui s'en va, enveloppé du manteau de l'esclave, cherchant à reconnaître sous les haillons la vertu mendiante et déchirée! Aussi quel triomphe unanime quand cette majesté se montrait à son peuple! C'est pour elle sans doute que, dès le matin, la ville s'est remplie de fleurs et de fanfares; c'est pour elle que les prêtres ont chanté le *Veni Creator!* Si le parlement de la province s'est réuni dans son plus rare appareil, c'est pour mieux honorer la supérieure de l'Enfance! Gloire! honneur! Montjoie et Saint-Denis sur le passage de cette guerrière! Saluez cette femme! Elle a accompli des miracles! Tous les désespoirs qui l'ont implorée, elle les a consolés; toutes les afflictions. elle les a relevées; elle a couché le vieillard dans sa tombe, elle a réchauffé l'enfant au berceau; elle n'a jamais demandé au misérable qui l'implore : Où vas-tu? d'où viens-tu? Juif, protestant, catholique, il m'appelle : j'y vais! Elle allait ainsi à travers les bénédictions et les louanges, ses gardes du corps, et jamais roi absolu, allant tenir son lit de justice, ne fut accompagné d'une façon plus royale. Elle aussi, d'ailleurs, elle était née sur les fleurs de lis; voyez plutôt l'orgueil de son front, l'éclat de son regard, la majesté de sa démarche, l'assurance et la fierté de son sourire. Fille d'un magistrat, elle croit à la justice des hommes; femme, elle croit à leurs respects; jeune et belle, elle sait qu'elle sera obéie. Elle connaissait donc le terrain glissant sur lequel elle s'avançait, et quels feux recélait cette cendre trompeuse! Enfant, elle avait appris à se reconnaître dans le parlement de son pays, dans cette ardente cohue de philosophie et d'ascétisme, de croyances si diverses et d'ambitions si différentes; placée entre les protestants et les catholiques du Midi, et côtoyant chaque jour ces deux multitudes dans ces rues bourdonnantes, madame de Mondonville comprenait ce double danger, ce double péril! Comment incliner jusqu'à elle la faveur de ces juges habitués aux silences de la foule? et en même temps comment faire pour dominer cette foule enthousiaste et s'en faire obéir sans l'irriter? Grand était le péril des deux parts; c'était là, et là, sur les hauts siéges, aux pieds des juges, dans les bas-fonds de l'assemblée, le même imprévu, le même hasard, la même fièvre; les uns et les autres, les robes rouges et déguenillées, les chaperons et les bonnets, ardents, colères, primesautiers, prompts à irriter, faciles à prévenir; rien de fixe, rien de solide; toutes ces âmes à la passion, au caprice; les juges encore plus dangereux et plus emportés que le peuple; le tribunal plus redoutable que le carrefour, et quelle main légère il faudra poser sur le volcan pour éviter l'éruption soudaine de ce Vésuve! Ce parlement de Toulouse représentait à cette Toulousaine plutôt une réunion de demi-dieux que

de pontifes, plutôt des prêtres que des hommes, plutôt
des rois qui commandent de là-haut que des juges
que l'on regarde d'en bas! Elle avait vécu assez longtemps au pied de ce mont Sinaï pour en savoir les
tempêtes et les douces matinées, pour en connaître les
torrents et les rosées, pour savoir à fond ce pêle-mêle
singulier de poésie, d'éloquence, d'urbanité, de science,
de fantaisie, sur un fond de justice cruelle, impitoyable
et sanguinaire; le juge aussi féroce que la loi est impitoyable; le juge implacable pour lui-même et pour les
autres, et jouant volontiers sa tête inflexible contre un
arrêt dont le peuple va tantôt lui demander compte, l'ar-
quebuse au poing. En ce temps-là, c'était encore et c'est
toujours Toulouse la quintuple, *Tolosam quintuplicem,*
comme dit Ausone, le poëte à demi chrétien; tels juges,
tel peuple; un peuple d'Albigeois et de Visigoths, qui se
plaît aux bûchers, qui se plaît aux fêtes de la danse et
des chansons.

O les poëtes! ô les bourreaux, ces gens de Toulouse!
O les amoureux! ô les martyrs! Tout pour la foi! et tout
pour l'amour! Ils allient la dévotion à la jalousie, la férocité à la bonne humeur. Une nation unique, aussi fière
de porter la couronne d'épines que d'autres la couronne
d'or. Ils traitaient de lâcheté insigne les mesures pacifiques; à leurs yeux la tolérance était une faiblesse indigne
d'un grand peuple; on pouvait les rompre, ils ne pliaient
jamais! Ils étaient tout en saillies, en reliefs, tout d'une
pièce, brisant avec joie ce qu'ils avaient adoré avec crainte:
câlins ou terribles, à vos pieds ou sur vos têtes; superbes
dans la pauvreté, faciles dans la fortune, et le parlement
leur ressemblait en ceci, comme la vigne ressemble au palmier. « Je suis la vigne et vous êtes le palmier, » dit l'Ecriture. Les magistrats, aussi énergiques que ce peuple,
avaient pour devise : « Mourir dans le devoir, on ne
meurt qu'une fois! » Le peuple, aussi fier que ces magistrats avait pour divise : «Mourir dans ma passion, on
ne meurt qu'une fois. » Et peuple et magistrats, aussitôt

qu'ils sont lancés au delà des bornes convenues, ressemblent, à s'y méprendre, à ce philosophe dont parle Tacite, qui s'en va, entre deux armées prêtes à combattre, pour démontrer les avantages de la paix et les misères de la guerre : *Bona pacis et belli mala disserens!* C'est ainsi que les uns et les autres, poussés par le même dieu des batailles et des vengeances, peuple et magistrats de Toulouse, ils ont marché dans la même voie à travers les mêmes incendies; le parlement et le peuple de Toulouse, c'étaient l'époux et l'épouse; c'était le grand Briarée du poëme :

Tot paribus streperet clypeis, tot stringeret enses!

« Autant de glaives, autant de boucliers des deux parts. »
Entre ces flammes et ces tempêtes qu'elle avait déjà traversées si souvent, la religieuse de Toulouse se présentait dans toute l'ardeur du combat! Non! la dame d'Angèle, seigneuresse de la Barthe, quand elle parut pour crime de sorcellerie devant Hugues de Biemalis l'inquisiteur, n'avait pas une démarche plus hautaine; Violante de Bals de Châteauneuf, traînant à son char ses quatre amants heureux et trompés, les guidait d'un geste moins superbe; elle-même, Saluka Saïs, la fille de l'Abyssinie, fille d'un roi, esclave et reine, ne portait pas dans ses yeux plus de foudres et plus d'éclairs! Ainsi apparut dans cette foule éblouie et attentive, cette femme... cette émeute que poussait l'indignation de sa fille enlevée, comme la soif ardente appelle le cerf à l'eau des fontaines. Elle avait soif de vengeance, soif de justice, et elle venait les chercher aux pieds du tribunal. Elle se posa donc à la place même de l'avocat accusateur, à la droite du président; au côté gauche du crucifix, et alors, d'une voix nette, à l'accent vibrant et d'un beau timbre, elle raconta à ses juges, attentifs et surpris de la soudaineté de l'accusation non moins que de la hardiesse du crime, elle raconta comment sa fille adoptive lui avait été enlevée, la nuit passée, par un homme qui s'était introduit dans sa maison au nom du roi!

« Oui, messeigneurs, la chère petite fille de mon adoption, sinon de mon sang, on me l'a volée, et je vous la
redemande, humblement prosternée à votre justice! C'é-
tait toute ma joie et toute ma vie! Je la tenais de
sa mère et de notre ville de Toulouse qui nous a
bénies, moi et ma fille arrachée à la peste, et quand je
l'emportais à mon cou frémissant de joie et d'orgueil.
Hélas! c'est pour me défendre que mon enfant, arrachée
au sommeil par une voix furieuse, est sortie de son berceau, et cet homme, ce misérable, l'a jetée pleurante sur
un cheval, et l'a emportée, au risque de la tuer! Et maintenant, qu'est-elle devenue? où est-elle cachée? et qui
donc lui rendra mes soins maternels? Pauvre enfant! rendez-la-moi, messeigneurs, rendez-la-moi! » Ainsi elle
parlait, ni trop haut, ni trop bas, dans la juste mesure de
la voix et de la douleur également contenues, de grosses
larmes se mêlant au feu limpide de ses grands yeux sup-
pliants. La cour, éblouie, indignée, hésitait cependant à
ajouter foi à une si grosse accusation. D'où venait cette
audace du marquis de Saint-Gilles? à quoi lui peut servir
cet enlèvement nocturne et que veut-il faire de cet enfant?... La supérieure de l'Enfance, qui savait lire sur
toutes ces physionomies, devina et prévint l'objection :

« Plaise à la cour de me permettre encore quelques
paroles : Et moi aussi, abîmée en ma douleur, je cherchais
vainement à comprendre l'audace de ce malheureux et le
profit qu'il pouvait rencontrer à insulter la plus grande et la
plus magnifique des justices... Je n'ai eu que ce matin l'explication de l'attentat de cette nuit. Mademoiselle d'Hortis, mon enfant, est restée sans biens à la mort de sa
mère; pauvre hier, elle est devenue une riche héritière
sous mon nom, sous mon patronage, à ma volonté! Eh
bien! car le motif est aussi honteux que l'action est coupable, ce marquis de Saint-Gilles, tant que sa nièce a été
pauvre, ne savait pas qu'il avait une nièce; il la laissait
volontiers à ma tendresse, et maintenant qu'il aura su
cette fortune, il a voulu s'en emparer par un rapt ignoble.

O malheureux! prends l'argent; mais ordonnez-lui de me rendre mon enfant, ô vous qui êtes à la fois nos pères, nos juges et nos rois! »

Ce fut surtout en ce moment que vous eussiez pu voir la connivence naturelle, invincible du parlement et du peuple de Toulouse! Les juges et l'auditoire, les hauts et les bas siéges se sentirent transportés des mêmes colères. La beauté, le génie, l'éloquence de cette femme avaient fait passer dans toutes ces âmes la conviction dont son âme était remplie. Pourquoi hésiter? semblaient se dire les magistrats et le public qui juge les juges à son tour; pourquoi hésiter, et qui nous empêche d'aller chercher dans les ténèbres où il s'est enfui cet abominable Saint-Gillès, l'exécration et la honte de la cité de Minerve? Le crime est flagrant, le rapt ne peut se nier! Le domicile de nos filles a été violé, cette nuit, à main armée, sans respect pour tant de familles intéressées à l'honneur de cette maison qui est leur propre honneur, sans égard pour tant de pauvres gens dont cette maison est le refuge! Eh quoi! le crime est connu, le coupable est dénoncé, il y a sacrilége, et l'indignation publique n'a pas encore frappé d'un arrêt *ab irato* cette tête sacrilége! » Telle était la pensée ardente qui circulait dans cette foule impatiente d'avoir attendu dix minutes le *soit monstré* et les conclusions de M. le procureur général.

Un incident imprévu vint donner un autre cours à ce drame judiciaire, et les juges et le peuple, distraits un instant de leur indignation et de leur colère, obéirent volontiers à cette impulsion nouvelle. Plaise au lecteur que nous fassions comme eux!

XVII

Notre avocat, maître du Boulay, en robe, dans sa robe

de Déjanire, comme il disait depuis que la belle fugitive de l'Enfance, mademoiselle de Prohenque, s'y était abritée toute une nuit, assistait à cette rentrée du parlement. Le hasard avait même voulu que l'avocat fût placé non loin de la barre et du côté opposé où se présenta madame de Mondonville. Lui, du Boulay, il avait d'abord partagé naïvement les impressions de l'assistance; mais peu à peu, entendant parler cette femme altière qui, d'un geste, lui avait enlevé ses premières amours et sa première cause, il en vint à se dire que, s'il osait, à l'instant même (et pourquoi ne pas oser?) il allait reconquérir tout le terrain qu'il avait perdu quand cette femme de malheur lui eut arraché la belle fille qu'il avait tenue dans ses bras, aussi peu vêtue et aussi fraîche que la Vérité au sortir de son puits; souvenirs charmants et terribles pour ce jeune homme impatient de renommée, avide de bonheur, et qui, en perdant tant d'espérances soudaines, était retombé dans une obscurité plus profonde que jamais. Et pourtant, ô la plus inespérée de toutes les fortunes! voici qu'une occasion nouvelle se présente de prendre cette femme superbe à partie, et de la forcer à reconnaître une volonté égale à la sienne, en même temps que le peuple ici présent et les magistrats de Toulouse vont apprendre à connaître quel grand orateur ils ont méconnu jusqu'ici. « Voici mon Rubicon, se disait du Boulay; c'est en ce lieu, c'est en ce moment qu'il faut vaincre ou mourir! Si je perds cette occasion unique dans ma vie, adieu la renommée, adieu la fortune, adieu la gloire, adieu ma chère Guillemette, dont les parfums printaniers remplissent encore cette robe inutile et cependant toute remplie d'enivrantes et précieuses inspirations. Certes, si je demande à répondre, à défendre l'accusé absent, un grand silence d'étonnement va se faire autour de ma parole, et je serai écouté du haut en bas de cette enceinte, semblable à un temple chrétien! Oui; mais cette femme a raison; mais l'homme que je vais défendre est un misérable, mal venu du peuple et peu compté du parlement,

et enfin le moyen de parler, sans préparation, dans une
cause à ce point désespérée? » Tels étaient les tumultes qui
agitaient l'âme du jeune avocat, à mesure que parlait la
religieuse de Toulouse au milieu des louanges du grand
nombre et des sympathies de tous. Du Boulay, en ce
moment, était semblable au cheval de Job, qui entend le
clairon de la guerre et qui frappe du pied en disant :
« Allons ! »

Donc il prit son courage à deux mains, et, s'avançant
à la barre, il annonça, avec un profond salut, qu'il avait
quelques observations à produire en faveur du marquis
de Saint-Gilles, absent.

A vrai dire, l'étonnement fut immense. A peine si
quelques-uns, dans cette foule de robes noires, savaient
le nom de cet audacieux qui osait prendre la parole, en
présence et au détriment de ses illustres, en faveur d'un
homme taré, contre la plus éloquente, la plus populaire
et la plus redoutée de toutes les femmes, défendant elle-
même sa propre accusation et demandant justice à tout
un peuple! Mais quoi! si grand et si vif était l'amour de
cette nation pour l'éloquence et pour le courage, que pas
un geste, pas un murmure ne s'opposa à l'entreprise
de ce téméraire; bien plus, un silence profond s'é-
tendit dans toute l'assemblée, les juges et l'auditoire s'ar-
rangeant pour mieux entendre, et curieux de savoir comment va se tirer d'affaire ce petit avocat de fortune, sans
appui, sans clientèle, sans nom.

Son discours fut l'attaque d'un homme qui a brûlé ses
vaisseaux : la honte ou la gloire, les applaudissements
ou les huées ! vivre enfin au grand soleil de l'avocat
écouté, ou croupir sur un dossier de papier blanc, dans
les limbes bruyantes du stage éternel !

« Assez et trop longtemps, s'écria-t-il, notre belle et
poétique cité, la reine des élégances et du beau langage,
Toulouse, le fleuron de la couronne de nos royaumes hé-
réditaires, s'est vue forcée d'interrompre ses fêtes, ses
poésies et ses miracles pour s'occuper des faits et gestes

de la supérieure perpétuelle de l'Enfance de Notre-Seigneur.
Quelle est donc cette veuve funeste, à demi cloîtrée, à demi
mondaine, qui échappe à la fois, par un étrange privilége,
à la sollicitude des théologiens, aux regards des magistrats, aux devoirs du monde? Cette femme éloquente,
j'en conviens, est un mystère, un problème, j'ai presque
dit un abîme! On la voit partout... on ne la voit plus
nulle part! Tantôt l'éloquence digne des consuls... tantôt
le silence des tombeaux! Est-ce un fantôme? est-ce une
réalité? ou bien un de ces monstres en religion que dénonce saint Bernard comme possédées du démon de la
maternité, et pour lesquelles le poëte Nigellus a fait un
distique où il est dit que la crosse de l'abbesse est plus féconde même que l'aiguille de la mère de famille :

Quæ pastorali baculo dotatur honore
Illa quidem melius, fertiliusque parit.

« Ai-je besoin de vous rappeler l'homélie de saint
Cyprien contre ces abbesses qui adoptent des enfants,
coutume introduite dans l'Eglise d'Antioche par Paul de
Samothrace l'excommunié? Vous voyez, messires, que
j'obéis à cette loi de Justinien qui ordonne aux juges et
aux avocats de ne pas entrer dans le sanctuaire de la justice avant d'avoir ouvert les saints livres. C'est dans cette
étude patiente que je trouverais, au besoin, les principaux
arguments de ma plaidoirie. « Méfiez-vous de ces accès
de maternité! » s'écrie le concile de Nicée. « Surveillez
activement pour savoir ce qui se passe dans la cité et dans
les maisons des femmes en religion! » s'écrie le concile
d'Antioche. « Car, ajoutent les docteurs, autant de femmes, autant de sectes et d'hérésies; laissez-les faire à
leur guise et se répandre librement en paroles, elles feront
de l'Evangile un roman. » Les dames, en effet, se plaisent, comme dans leur élément naturel, dans la multitude
des doutes, dans la légèreté des opinions, dans toutes les
curiosités périlleuses ; elles recherchent, avec la curiosité

d'un enfant qui brise son jouet pour savoir ce qu'il contient, les consentements, les négations et les artifices du raisonnement humain. La règle religieuse est une chaîne; qui en doute ? Mais brisez un seul chaînon, vous n'avez plus qu'un forçat échappé de sa chiourme et qui ameute les passants contre les juges qui l'ont condamné. O dangers des caquets humains ! la servante de Caïphe a forcé le prince des apôtres à renier Notre Seigneur ! Quelle est, je vous prie, la femme qui, tenant en ses mains la boîte de Pandore, ne soit prête à l'ouvrir? Voilà pourquoi il ne faut pas leur laisser trop de liberté dans la démarche, dans les paroles, dans l'action ! A Dieu ne plaise que je fasse ici une attaque directe à la supérieure perpétuelle de l'Enfance; cependant, s'il est permis à quelqu'un d'exprimer quelques doutes à propos de cette institution entourée de tant de louanges, il me semble que ce droit m'est acquis. Car, moi qui vous parle, tremblant et respectueux, sans avoir médité cette catilinaire, j'ai vu, un soir, cette femme, et je m'en souviendrai toute ma vie, quand on me réduirait à me nourrir de lotos, le lotos, la plante la plus célèbre de l'herbier du Languedoc, plante d'oubli chantée par Homère au livre IX de son *Odyssée* :

Ο῎σις λωτοιὸ φαγοι μελιηδεα καρπὸν,

« Je l'ai vue, cette femme, et j'en suis encore tout ébloui, tant c'était là une beauté surnaturelle, beauté plutôt digne de Proserpine que de Junon; je l'ai vue, un soir, pénétrer, les portes fermées, dans une réunion des hommes les plus respectables de la cité. Chacun l'accusait, les uns par leur parole, les autres par leur silence... Elle arrive, et d'un regard la victoire est à elle! Non! Jules César n'a pas triomphé plus vite quand il a dit : *Veni. vidi, vici!* Elle s'est emparée, en souveraine, de toutes ces âmes qui lui résistaient, et à ce point que tous ces hommes, réunis pour la juger à huis clos, s'estimèrent aussi heureux et récréés, la trouvant innocente, que Quintus Fabius Maximus se sentit reposé en sortant de son cinquième consulat. Voilà, je l'avoue, un grand triomphe, et quel que fût mon doute au fond de l'âme, je n'avais plus qu'à m'écrier avec le saint abbé de la Trappe : « Hélas! ce qui est fait est fait! Point de remède pour le passé! *Hue! quod factum est, factum est!* » Mais aujourd'hui, et tout d'un coup, à l'instant où s'apaisaient tant de bruits étranges, voici que cette créature hardie arrive dans le temple de Thémis, non pas avec la sainte horreur qu'inspirent aux âmes bien faites ces sacrés sanctuaires, mais traînant après elle, par nos rues violentes, par nos carrefours, si faciles à la révolte, sous ce ciel implacable, plus de haines et de violences que jamais les impies, les infidèles, les zwingliens, les luthériens, les anabaptistes, les Anglais et les sociniens n'en ont jamais semé de leurs mains incendiaires! *Et Chaos et Phlegeton!* Là, voyons! j'en atteste ici même les esprits les plus calmes, de quoi s'agit-il? Pourquoi cette sortie à main armée? À quoi bon cet appel aux passions extérieures, et quelle est cette surprise faite à toutes les formes, à toutes les habitudes régulières de votre justice? Est-ce que par hasard le comte de Toulouse, et le roi d'Aragon, et le comte de Béziers, et Simon de Montfort, et le comte de Foix, et le prince Béarn, ont ramené dans nos murs renversés les batailles antiques?... Je ne vois ici qu'une femme, armée, il est vrai, de colère et d'accusations, qui s'en vient, au milieu d'une réunion auguste et pacifique, interrompre cette solennité éloquente dans laquelle nos magistrats ont l'habitude de nous rappeler nos devoirs éternels. Bien plus, et voilà mon excuse si j'ai pris la parole, moi le dernier venu, devant cet auditoire illustre, cette femme accuse, quand elle devrait se défendre en présence de tant de plaintes unanimes. Ecoutez-la! Un homme seul, qui le croirait? a brisé, la nuit passée, ces portes d'airain que pas un prêtre n'a franchies, pas un magistrat, pas un docteur! Un voleur de nuit a escaladé ces murailles de l'Enfance, hautes et défendues comme des remparts de guerre; notre Capitole même, *Capitolium fulgens*, n'est pas plus surveillé, plus gardé que cette maison entourée de mystères impénétrables. Notre Toulouse bien-aimée, *alma nutrix*, n'est pas plus défendue par les Pyrénées et par les Cévennes, ses remparts naturels, que la maison de l'Enfance par le silence, par la solitude et surtout par le fanatisme de tout un peuple. Ce que je dis est vrai, et à Dieu ne plaise que, plaidant devant cet auguste sénat, je m'abandonne à l'hyperbole; mais si, aux temps jadis, quatre grandes nations de colons sont sorties de nos murs sans les dépeupler, il faut que vous sachiez que quatre institutions de filles, missionnaires intrépides de doctrines mal définies, sont sorties de l'Enfance sans l'affaiblir, semblables à ces abeilles de Virgile qui prennent leur butin sur tous les abîmes :

Floriferis ut apes in saltibus omnia libant.

» Et que dit la reine de cette ruche à ses abeilles errantes? Elle leur dit, ou peu s'en faut, ce que dit le saint livre : « Je vous donne mon royaume comme je l'ai disposé, afin que vous buviez et mangiez en mon royaume!» Elle dispose souverainement de ces âmes élevées par elle et formées à son image. Elle reste présente en tout lieu, écoutée en tout lieu. Une de ces colonies s'est emparée de la ville de Montesquiou, dans le diocèse de Rieux; la seconde s'est abattue à Pézenas, sous le patronage royal de madame la princesse de Conti; M. le Tellier en a établi une troisième à Carcassonne, aux frais mêmes des états de notre province; si bien que, à peine reconnues, ces filles de l'Enfance sont partout, dans les murs, hors des murs; au berceau de l'enfant, au chevet du vieillard, épiant l'âme de l'un, l'héritage de l'autre! Et quelle maison hospitalière fut jamais plus favorisée de l'université, du parlement, de nos capitouls, de nos consuls? Je n'accuse ici personne, mais je voudrais savoir enfin si les déposi-

taires de nos antiques libertés, les anciens magistrats
dont je vois ici les images, ces hommes énergiques, l'honneur du nom languedocien : Raymond de Rouix, Etienne
de Castelnau, Bernard Dumanoir, Gérard de Portal,
Othon de Lautrec, Philippe de Carneillan, et les autres
héros pacifiques de notre cité chrétienne, auraient toléré
cet envahissement imprévu d'une simple école, et qu'elle
eût planté, en tous lieux, de si grandes racines? Non, ces
hommes prudents se rappelaient sans cesse que l'Ecriture
compare l'Eglise à une armée rangée, à une fidèle épouse,
à une bergère, et ils ne souffraient pas que l'armée fût
privée de ses capitaines, l'épouse de son mari, la bergère
de ses chiens de garde! Ils redoutaient, à l'égal des grands
serpents dont la sonnerie vous avertit du danger, ces
aspics imperceptibles qui se glissent parmi les peuples
pour les empoisonner, sous un faux prétexte de piété,
débauchant les esprits faibles, encourageant les malicieux.
Mon père, qui était un vieux chrétien à l'ancienne mode,
se servait, dans mon enfance, d'un proverbe qu'il avait
rapporté d'Espagne : *Ario rebuelto, ganancia de pisca-*
dores, disant que plus l'eau est troublée et plus content
est le pêcheur. Ainsi nos ancêtres, que Dieu ait leur âme!
voulaient voir clair même dans les torrents, comme dans
la fontaine de Siloë ou de Bandusie chantée par Horace:
fontaine plus pure que le cristal : *O fons splendidior vi-*
tro! Et par le même motif ils ne comprenaient pas qu'une
maison religieuse se pût jamais établir sans la double intervention de la puissance spirituelle et de l'autorité séculière. Ils disaient avec le prophète : «*Ubi unitas ibi per-*
fectio! la perfection dans l'unité. » Ils disaient aussi :
« Celui-là se cache qui agit mal : *Qui male agit odit lu-*
cem! » Je sais bien ce qu'on va nous répondre : « Nous
sommes dans notre droit; nous obéissons à l'indult du
pape, au privilége royal, à des constitutions approuvées
et signées par M. de Marca, ce grand archevêque si terrible, si acharné contre Port-Royal, si digne de respect
dans ses œuvres, que l'archevêché de Paris a envié à l'E-

glise de Toulouse, et qui est mort enseveli dans la pourpre romaine! » L'objection, je l'avoue, est d'une grande
valeur, et je ne tenterai pas, moi, un avocat du dernier
ordre, d'opposer une fin de non-recevoir à ce prêtre illustre. Je l'oserais, que soudain les travaux de M. de
Marca m'imposeraient silence. La Gaule narbonnaise
avait perdu ses titres de noblesse; M. de Marca les a re-
trouvés! Il a rétabli les traces effacées de Strabon, de
Ptolémée, de Tite-Live et de Polybe! De quelle main éner-
gique il a tracé la ligne fatale qui sépare la France de
l'Espagne (*) !

» Nous savons aussi tant d'origines retrouvées, tant
d'inscriptions rétablies, tant de livres arrachés à l'oubli,
les païens eux-mêmes appelés en témoignage et les Ara-
bes étonnés de revivre dans ces pages impérissables. Eh
bien! est-ce à dire que les constitutions de l'Enfance, signées même du nom illustre de monseigneur de Marca,
doivent rester éternellement en dehors de la police mo-
narchique de l'Eglise, de l'autorité et superintendance de
nos seigneurs du parlement? Nous avons tant de beaux
ordres en France, de carmes, d'augustins, de cordeliers
qui ont été soumis à une minutieuse révision! L'ordre
tout entier de Saint-Benoît a-t-il donc échappé aux réfor-
mateurs? La sainte maison de Port-Royal a ouvert ses
portes au lieutenant criminel (non pas, messires, que j'ap-
prouve ces violences), et la maison de l'Enfance resterait
fermée aux contradicteurs! Eh! le parlement de Toulouse,
les pères de nos pères, surnommés les conservateurs des
cités, n'ont-ils pas appelé un assoupissement honteux et
immoral, *turpis et fœda dormitio*, l'action de ce Robert
d'Arbrissel, de pieuse et scandaleuse mémoire, dont l'o-
reiller serait devenu une pierre d'achoppement pour notre
province, si la vigilance des magistrats n'avait pas inter-

(*) Marca Hispanica, autore illustrissimo Petro de Marca.
Paris, in-folio.

rompu les dangers de cette simplicité et sécurité prodigieuses? Voilà ce que nous trouvons dans les souvenirs du passé! Nous y trouvons des religieux d'une bonne vie et d'une piété non feinte, soumis à la majesté vénérable des parlements, pendant que le pape Clément VIII se défendait à grand'peine contre ses moines en démence, et que saint Charles Borromée lui-même, les délices de son peuple, se voyait exposé aux attentats d'un religieux révolté contre les réformes. Dans les anciens jours, on se rappelait que le philosophe Diagoras avait été exilé pour avoir parlé des dieux, non pas sans vénération et sans respect, mais avec des paroles qui manquaient de la précision et de la netteté du vieux langage. Naguère encore, qui disait une religieuse de Toulouse, disait une personne vouée à l'humilité, à la pauvreté, à la prière, au silence; et que voyons-nous aujourd'hui? Une impératrice, une Hérodiade, revêtue d'un justaucorps de damas, comme un capitaine allant en conquête! Quoi! ces dentelles, ces soieries, ces ornements, ces parures, ces parfums, voilà donc ce qui remplace, aux maisons religieuses, la bure, la haire, le voile, le cilice, la cendre? O scandale par excellence! que nos anciens appelaient le scandale pharisaïque! et cette parole n'est-elle donc plus écrite dans les saints Evangiles : « Gardez-vous de scandaliser un de ces petits qui croient en moi? » A ce propos, saint Jérôme nous raconte l'histoire d'une veuve, nommée Prétextate, qui, non contente de se parer elle-même, ornait mondainement sa nièce, ou, si vous aimez mieux, sa fille adoptive, Hyméthia! Un ange apparut qui dit à cette veuve : « Comment, malheureuse! tu oublies les commandements de Dieu, et tu pares d'ornements mondains cette tête virginale? » Et comme cette femme insistait, l'ange lui enleva son enfant! »

Il y eut ici un murmure approbateur parti du haut des tribunes dans lesquelles se tenaient les dames de la ville, les filles, les femmes et les mères des magistrats de Toulouse, on put même remarquer madame de Ficubet, qui placée dans la lanterne du côté droit, semblait donner le signal de ces murmures approbateurs.

L'avocat n'en fut que plus disposé à suivre le fil de son discours, et, après une pause qui était passablement triomphale :

« Qui sait, en effet, si la jeune demoiselle d'Hortis, enlevée cette nuit à tant de sollicitudes mondaines, n'aura pas quelque jour à se féliciter d'avoir été arrachée aux vanités qui l'entourent? Mais, dites-vous, mademoiselle d'Hortis a été emportée par un lieutenant de dragons ou de chevau-légers, plus semblable au capitaine Fracasse qu'à un ange gardien. Certes je ne suis pas ici pour faire le panégyrique de cet homme qui, après tout, est le plus proche parent de la jeune personne, le légitime représentant de son père et de sa mère, un grand parent à qui sans doute revient le droit de s'inquiéter de l'héritière de sa fortune et de son nom...

» D'autres que moi prendront la défense de M. le marquis; laissez-moi seulement vous rappeler qu'on a vu des gendarmes venir en aide et protection à plus d'une jeune fille à demi perdue. Un saint ermite, nommé Abraham, pour sauver sa propre nièce, nommée Marie, s'habilla en gendarme, et comme sa nièce était cachée en une hôtellerie mal famée, le bon ermite, pour ne pas éveiller les soupçons, consentit à manger de la viande, ce qui ne lui était pas arrivé depuis soixante et dix ans! Qui donc, après cet exemple, oserait dire que l'habit d'un soldat ne peut pas servir de sauvegarde à une fille de quinze ans? J'aime encore mieux cet ermite habillé en homme de guerre que les religieuses vêtues en princesses! « Jamais, s'écriait sainte Catherine de Sienne, une femme ainsi vêtue ne comprendra la hauteur, largeur et profondeur de la charité! » « Elle a montré son cou! » s'écrie le prophète Isaïe en s'indignant. « Au moins, quand tu vas à l'église, couvre-toi d'un voile! » dit saint Paul. Saint Antonin, évêque de Florence, chassait de la cathédrale les prêtresses de la mode. Ah! ne pleurez pas trop sur mademoiselle d'Hortis si le gendarme l'a en effet arrachée à ce luxe, à ces parures, à ces carrosses, à ces délices! « Retirez-vous de nous, dit l'Ecriture à ces femmes élégantes, nous ne voulons pas de la science de vos sentiers! »

» Rappelez-vous aussi, chrétiens qui m'écoutez, qu'un jour, à la Fête-Dieu, à travers l'encens et les fleurs, au chant des cantiques, au murmure des prières, le saint sacrement a reculé d'horreur pour avoir rencontré une baladine, harpie des âmes, qui tendait sa belle main aux passants, sous prétexte de bonnes œuvres. « Comment, tu vas dans le pays des Amazones, où les femmes ont les bras nus et le sein découvert! » s'écrie saint Jérôme en voyant partir saint Jovinien. En vain saint Jovinien voulut répliquer que les femmes de ce pays étaient, pour le moins, la moitié moins dangereuses que les femmes des autres peuples, saint Jérôme ne voulut pas le laisser partir.

» Mais à quoi bon chercher mes exemples dans les histoires passées, lorsque, de toutes parts, des exemples se rencontrent, dans ma ville natale, de chaste piété, de prudence, de sagesse, de silence, de résignation? C'est vous que j'atteste, vous, la paix, la grâce et la force de notre Eglise de Toulouse, vous, les dames feuillantines, les dames ursulines, les dames de Malte! Je vous invoque aussi, religieuses de Sainte-Claire, nobles chanoinesses de Saint-Pantaléon, carmélites, dignes filles du Bon-Pasteur, de Saint-Saturnin, de la Visitation ou de la Providence, de Sainte-Catherine, de Sainte-Radegonde ou de Sainte-Eulalie! O vous! la couronne immortelle de cette cité mortelle, avez-vous jamais approuvé ces religieuses qui sont toujours au dehors de la maison, et courent sans fin, sans cesse et sans cause à travers tous les périls? Je vous salue, ô saintes filles, modèles de grâce, de modestie et de charité chrétiennes! Vous vivez dans le silence et dans les bonnes œuvres, vous êtes patientes et dociles! Vous vous rappelez qu'il est écrit en la deuxième aux Corinthiens, chapitre IV : « Le diable est le dieu de

ce siècle! » et, prosternées aux saints autels, vous acceptez, non-seulement sans vous plaindre, mais avec joie
et empressement, les tribulations et les persécutions de
ce bas-monde, où vous n'êtes qu'en passant! O mères et
sœurs de la cité, vous ne redoutez qu'un malheur, l'hérésie, et son cousin germain, le schisme! Vous avez des
pasteurs pour vous conduire, des docteurs pour vous
conseiller, des âmes savantes pour vous maintenir dans
le chemin de la perfection! Vous redoutez, à l'égal du
péché, ces amitiés extraordinaires, quoique innocentes,
que tous les pères ont condamnées. Le grand saint Bernard n'a-t-il pas imposé une longue pénitence à sainte
Brigitte elle-même, pour avoir trop obéi à son confesseur
Gilbert de Semplingham? Saint Athanase n'a-t-il pas accusé hautement l'abbesse Eustolia d'avoir trop écouté les
inspirations de l'évêque Léontius? Léontius, ô magistrats!
s'appelle l'abbé de Ciron aujourd'hui; l'abbé Gilbert de
Semplingham, c'est l'abbé de Ciron. Saint Cyprien, s'il
faisait partie de ce parlement, j'ai presque dit de ce concile, demanderait compte de l'abbé de Ciron à la supérieure perpétuelle de l'Enfance. Vous frémissez, madame!
s'écria du Boulay en s'adressant à madame de Mondonville (en effet, la supérieure avait pâli); ne pensez pas
cependant que je veuille m'attaquer à un proscrit : je sais
trop ce qui est dû au malheur et à la vertu pour mêler
M. de Ciron à ces débats. Qu'il me soit permis cependant
de rappeler ici que le nom de M. de Ciron, le directeur
de l'Enfance, est devenu un mot d'ordre et de ralliement
pour certaines entreprises coupables; qu'il a été frappé
de censure; qu'il est réhabilité chaque jour dans des livres
que nos seigneurs du parlement feront brûler par des mains
moins infâmes que celles qui les ont écrits, et que c'est
ainsi que les plus grands schismes et les plus cruelles hérésies ont commencé.

» Or, à ce mot seul d'hérésie, il me semble que la province entière se soulève d'indignation et d'épouvante.
Rappelez-vous en effet ces jours d'épouvantable mémoire,

lorsque l'antique Toulouse, tombée aux mains violentes
des hérétiques, vit crouler sous les coups de ces furieux
ses remparts, ses églises, ses palais, ses maisons, ses
tourelles, ses voûtes, ses piliers, ses chambres peintes,
au milieu des gémissements, des lamentations et des soupirs. L'hérésie est lâchée! sauve qui peut! Tout est mort,
tout est ruine, ou fuite ou misère; celui qui survit est
chargé de fers; le parlement, le comte, le roi, le prévôt,
les barons, l'évêque de Toulouse, appellent en vain le
ciel à leur aide. Le ciel est irrité par l'hérésie; il est
sourd, il faut périr! Tels sont les malheurs de l'hérésie!
Voilà pourquoi l'hérésie et Toulouse n'ont jamais dormi
dans les mêmes remparts. Notre gloire et notre force
nous viennent justement de notre haine pour ces subtils
et forcenés contrôleurs de conciles. Si nos ancêtres ont
donné à l'évêque et au chapitre de Toulouse le château de
Balma et le château de Verfeil, le hameau de Saint-Ber-
nard et cent villages : Castelmauron, Marceille, Saint-
Jean-Aigues-Vives, Pressac, Escorals, Puy, Corrousac,
Pechbonieu, Valègues, Roqueville, Montbrun, Lavalette,
Saint-Geniès, c'était, en revanche de tant de bienfaits,
pour que l'évêque et le chapitre de Toulouse eussent
grand soin de veiller à la pureté de la foi catholique.
Pourquoi donc est-ce une faveur si digne d'envie et d'orgueil d'être citoyen de Toulouse? Est-ce uniquement pour
s'écrier au besoin : Je suis citoyen de Toulouse! Est-ce
parce que notre sainte république toulousaine, même sous
le grand roi Louis XIV, qui a juré lui-même, dans nos
murs, la main sur les Evangiles, au *Te igitur*, la sauvegarde de nos immunités, a conservé, sous son apparence
franque et visigothe, ses magistrats à demi romains, ses
formes romaines, son Capitole, son forum, son droit d'é-
lection; le *jus Latii*, c'est-à-dire l'ingénuité, c'est-à-dire
le droit d'élection, le droit de suffrage, le droit de réplique,
le vieux droit du citoyen romain; *jus Latii vetus*? Non, non;
c'est parce que Toulouse est la ville fidèle par excellence
aux deux divins testaments et à la sacrée tradition; parce

qu'elle appartient à une race de vieux chrétiens; parce que les hérésies les plus terribles, les échafauds les plus cruels ont ensanglanté ses murailles sans les déshonorer. Toulouse a vu passer les albigeois, les luthériens, les calvinistes, les émeutes et les guerres de religion, les échafauds, les bûchers et tout le trouble-terre des barricades; Toulouse est restée orthodoxe à l'ombre de son Eglise. Ô mon Dieu! si j'ose jeter un coup d'œil rapide sur notre histoire, que de grands hommes elle a produits, cette Eglise de Toulouse! Que de courageux prélats, de savants chanoines, de charitables prébendiers, de juges terribles, d'illustres docteurs! combien de cardinaux et d'archevêques, dont le nom seul est un rempart! Ah! je sais bien que les incrédules, les libertins, les athées nous reprochent, ô comble d'audace, le tribunal de l'inquisition pour la foi!... L'inquisition a sauvé l'Espagne du plus grand et du plus cruel des attentats d'une nation contre elle-même, la guerre religieuse! Nous-mêmes, l'inquisition nous a sauvés des psaumes de Théodore de Bèze, des cantiques de Clément Marot, des nouvelles opinions venues du Béarn, des hérésies colportées du fond de la Hollande, des doctrines funestes prêchées dans le château de Nérac, pendant que la reine Marguerite, nouvelle Hérodiade, moins ornée de pudeur que de perles et de pierreries, sourit à l'hérésie, comme elle eût souri à son amant de la veille. Ainsi, ni Luther, ni Calvin, ni Mélanchton, l'ange de la révolte, ni les envoyés de Genève n'ont prévalu contre notre Eglise orthodoxe. Grâce à Dieu, le synode n'a pas renversé l'Eglise, le temple n'a pas brisé la cathédrale, la Bible n'a pas étouffé l'Evangile; il est vrai que les arquebuses ont tiré sur la croix blanche, et que nos pères ont vu, ô misère! les huguenots féroces, maîtres de la ville, chanter leurs cantiques aux Cordeliers, aux Jacobins, dans le château narbonnais, dans le collége Saint-Martial; mais la foi catholique a été plus forte que cette armée de rebelles! Telle fut l'œuvre de nos pères; et maintenant que, grâce à tant de miracles de la conscience et du courage, nous vivons à l'abri d'une paix profonde, à l'ombre d'un sceptre coupé dans l'olivier, libres et riches, catholiques, honorés et puissants, on voudrait nous ramener au lendemain de Moncontoury, aux reîtres de Coligny, aux soudards de Montgommeri, aux Anglais du roi Jean, au parlement de François Ferrières et de Jean Coras, deux traîtres qui ont été pendus à l'orme du palais! *Quod Deus avertat!* Et cependant toutes ces misères que la cité a subies, ces pillages et ces meurtres, ces monstrueuses fabriques d'impiétés nous sont venues de l'hérésie. Donc, ne nous livrons pas à l'hérésie, restons fidèles à la foi de nos pères! Pressons-nous autour de la sainte parole! Méfions-nous de la nouveauté, comme d'une tentation de l'enfer! Honorons, s'il le faut, les filles de l'Enfance; mais s'il faut imiter quelqu'une de nos institutions religieuses, suivons l'exemple des saintes filles du Bon-Pasteur de Toulouse. Oh! la belle tragédie, et digne du *Polyeucte* de M. Corneille! C'était par un temps d'orage, un vieux prêtre parlait à ces saintes filles du Dieu de l'Evangile, et ni le prêtre ni le pieux auditoire n'entendirent venir la Garonne débordée, et quand le fleuve eut envahi la chapelle attentive, et comme le flot montait toujours, le prêtre, du haut de la chaire, continua son sermon commencé, jusqu'à ce que le flot impitoyable eût englouti l'autel, l'assistance, le prêtre, le monastère tout entier! Martyrs ignorés de la prière, priez pour nous! »

Ainsi parla du Boulay, avec grâce, éloquence, enthousiasme et énergie, mêlant, selon l'usage, le sacré et le profane, la colère et l'ironie, et se retenant à quelque citation inattendue, quand la cause manquait sous ses pas. Le succès de cette hardiesse éloquente fut grand et légitime. On l'avait écouté par curiosité tout d'abord; peu à peu la foule, qui s'était défendue contre cette parole inconnue, sentit se fondre toutes ses glaces, et du Boulay, se voyant soutenu par l'étonnement des uns, par les sympathies des autres, par l'intérêt et l'émotion de tous, fit de

sa péroraison une attaque directe à madame de Mondonville. « Qu'est-ce, après tout, que cette maison de l'Enfance? quelles doctrines? quelle discipline? et, au bout du
compte, quels bienfaits dignes qu'on les compare avec tant
de discorde, tant de bruits étranges et de nouveautés inex-
plicables? Où en sommes-nous depuis tantôt six années
que l'institution est fondée? Voyez, autour de cette maison mystérieuse, tout s'agite et s'inquiète; la province est
inondée de pamphlets, d'injures, de cruautés, de toutes
les violations divines et humaines; d'où vient ce déluge
de haine? Il existe deux hommes que la justice du roi
avait frappés... ces deux condamnés du parlement de
Toulouse ont échappé à la justice qui les avait mis en lieu
de sûreté... Quelle main les a sauvés? dans quel sentier
ont disparu ces anathèmes? On vous réclame, mademoiselle d'Hortis, messieurs! s'écriait du Boulay; nous vous
redemandons, nous, la paix de cette province, les coupables fugitifs, le châtiment des pamphlétaires! » C'est ainsi
que cet humble avocat de tout à l'heure, émancipé par sa
propre parole, finit par s'abandonner à toutes les violences; il était insolent, sans pitié, sans respect; il toucha,
ou peu s'en fallut, à toutes les pointes de ces abîmes, et
la cour, étonnée de cette éloquence soudaine, semblait se
demander quel était donc ce nouveau venu qui, du premier bond, venait de conquérir les palmes et la renommée
des grands orateurs? Lui-même, le licencié du Boulay, à
peine eut-il franchi la borne brûlante sans s'y briser, qu'il
resta confondu, j'ai presque dit épouvanté de ce rayon
d'en haut qui s'était fait jour à travers son esprit. Eh!
quelle tentation d'orgueil plus délicate et plus prochaine,
la première conscience du talent mêlée aux premiers sen-
timents, aux premières espérances de l'amour?

Heureusement que cette inspiration et cette fièvre rejail-
lirent soudain sur madame de Mondonville. Elle comprit
(l'électricité n'est pas plus prompte) qu'elle était perdue
si elle laissait le jour pénétrer dans ces ténèbres. Elle
prévit l'enquête, et l'enquête c'était la ruine inévitable de

tant d'existences précieuses confiées à sa garde. Evidemment la logique inflexible et la nécessité de l'accusation auraient voulu qu'à l'instant même et sans aucune réplique, la supérieure perpétuelle de l'Enfance, se faisant suivre par ces mêmes juges qui semblaient l'interroger avec l'ardeur de la question extraordinaire, leur ouvrit les portes de sa maison, et abandonnât la maison tout entière à la haute justice du magistrat. De part et d'autre on n'eût pas manqué à cette règle dans le parlement de Normandie, ou dans cet auguste sénat de Paris, le modèle et l'exemple de tous les autres. Mais à Toulouse, nous le savons déjà, la logique ne venait qu'après la passion; la passion était l'âme même et le cœur de cette justice : voici donc par quelle inspiration nouvelle madame de Mondonville conjura la foudre prête à la frapper.

Elle attendit que le silence se rétablît; et le calme revenant peu à peu à ces esprits agités en sens divers, elle annonça, d'une voix ferme, qu'elle avait d'autres comptes à demander au marquis de Saint-Gilles : un de ces comptes terribles au bout desquels il faut que l'accusé laisse sa tête... « Oui, messires, et vous avez déjà condamné vous-mêmes au supplice des meurtriers l'homme que j'accuse et que je vous dénonce. Moi, qui vous parle; moi, la femme insultée cette nuit et dépouillée de son enfant; la femme insultée ici même et accusée de tous les crimes, quand elle venait demander justice; moi, Jeanne de Julliard, comtesse de Mondonville, veuve du comte de Turle, seigneur de Mondonville, un vieil officier général des armées du roi, assassiné à la porte Bernard il y a trois ans, j'accuse de ce meurtre insigne le marquis de Saint-Gilles, le plus lâche et le plus perfide des hommes! Je l'accuse formellement, je l'accuse corps pour corps, âme pour âme! Qu'en dites-vous, monsieur l'avocat? » Et comme du Boulay reculait épouvanté de la nouveauté et de l'horreur de l'accusation, madame de Mondonville, inspirée par le danger qu'elle avait couru autant que par la vengeance à laquelle elle aspirait à son tour, attaqua et étreignit son ennemi d'un geste digne de Junon elle-même. » C'est lui qui est le meurtrier! » Puis, se retournant vers les juges, elle expliqua d'une façon nette, précise, irrésistible, la mort de M. de Mondonville, ce coup d'épée, et cette épée brisée sur une des côtes de la victime, et la preuve, la preuve irrécusable... « Voici l'épée, et la pointe y manque, et cette pointe est déposée à votre greffe, et, sur notre Dieu à tous! cette épée a tué M. de Mondonville, mon mari! »

Ainsi elle parla à son tour, avec l'abondance, l'énergie, la colère, l'indignation; d'un ton suppliant, les mains au ciel, les yeux sur les juges, attestant Dieu et les hommes; éloquente et impérieuse, très-vengeresse, et semblable à Némésis lorsqu'elle est abandonnée à tous ses instincts! Cette belle main qui tenait l'épée éclatait au-dessous de ce fer menaçant. « Et cette épée, il l'a laissée dans ma main, cette nuit, au moment où il enlevait ma fille, une enfant, Marie d'Hortis, la riche Marie d'Hortis! Oh! le lâche! Un misérable que la ville a sifflé pour sa couardise immense! Un assassin, un vil meurtrier, un intrigant subalterne, qui tue dans l'ombre et qui passe son chemin en fuyant, sans se donner le temps de savoir si ce noble cœur a conservé un reste de vie! Et voilà, grand Dieu! dans quelles mains sacriléges est tombée mon enfant! Hélas! ma pauvre enfant, si belle de corps et d'esprit, que j'aimais, que j'élevais et que je parais de mon mieux et comme eût fait sa mère elle-même! Enfin! enfin! messires, vous êtes la justice de Dieu, vous êtes la justice du peuple de Toulouse; je vous demande vengeance pour mon mari et pitié pour mon enfant! »

Elle termina son discours en lisant la lettre que lui avait adressée la reine, non pas sans porter à ses lèvres ce même parchemin qu'elle avait foulé naguère d'un pied irrité.

Cette ville de Toulouse, tout imprégnée de ses antiques vertus, était la ville honnête et violente par excellence; on s'y faisait tuer pour une opinion, mais on y respectait l'honneur des femmes et la majesté des reines.

L'épouse auguste du roi Louis XIV était en si grande
vénération dans ce noble pays, que c'était à peine si l'on
savait au juste quel rôle jouait madame de Montespan à la
cour. A peine dans le château de M. de Montespan lui-
même, situé à deux pas de Toulouse, savait-on l'histoire
de la brillante favorite. A ce propos, on racontait qu'un
jour, M. de Montespan était revenu de Versailles, vêtu de
noir, en voiture drapée, et ses gens en grand deuil. « Ma
femme est morte, » avait-il dit dans la ville. « Vous n'a-
vez plus de mère, » avait-il répondu à ses enfants.

Cette lettre de la reine fit une très-grande impression
sur l'esprit de ces magistrats, qui se rappelaient encore
avec quel enthousiasme Marie-Thérèse la triomphante
avait fait sa glorieuse entrée dans sa bonne ville de Pa-
ris(*). Le parlement de Paris poussa jusqu'à l'idolâtrie, que
disons-nous? jusqu'à la coquetterie, la réception qu'il fit à
la reine. M. de Lamoignon, premier président, colonel du
quartier Aubry le-Boucher, avait choisi pour ses livrées
le blanc et l'incarnat, et, à son exemple, chaque conseiller
du parlement avait adopté les couleurs de son choix : « le
citron et le blanc, le rose et le vertgay, le gris de lin et
l'oranger, le blanc et le bleu, toutes les plus charmantes
couleurs. »

Quand elle eut tout dit, et par un retour habile, madame
de Mondonville, regardant du Boulay face à face : « Allons, reprit-elle, répliquez si vous l'osez, monsieur l'avocat des causes perdues; monsieur, qui faites un crime à
une honnête femme de l'habit qu'elle porte. Parlez donc;
mais, cette fois, songez que l'on nous écoute ici... et là-
haut! »

Elle dit ce mot : là-haut! de façon à désigner le ciel, et
cependant son geste était tourné du côté de l'Enfance;
autant valait dire : mademoiselle de Prohenque vous écoute,
parlez !

* Entrée royale de Leurs Majestés en leur bonne ville de
Paris. Jean-Baptiste Loyson, etc.

Soit que du Boulay eût compris cette menace éloquente, soit qu'en effet la cause lui parût désespérée, il baissa la tête, honteux de ce client abominable que lui avait donné le hasard.

Sur l'ordre de la cour, un des deux huissiers à la masse d'armes prit l'épée des mains de la comtesse; un des trois sergents royaux s'en fut chercher au greffe criminel la pointe d'acier retrouvée dans la blessure du comte de Mondonville; l'accusation avait dit juste, et le doute n'était plus permis. « L'instrument du crime, le voilà! » A cette preuve sans réplique la foule irritée faisait entendre de sourdes imprécations. On devinait, dans ces regards furieux, des malédictions prêtes à éclater. Le parlement retint la cause; ordre à M. de Saint-Gilles de se présenter où, quand et toutes fois qu'il en sera requis!..

Bien plus, l'avocat général, messire Jean Séguier, soutenu par M. le procureur général Bertrand de Gorzas, avait conclu à ce que le prévenu fût appréhendé au corps; mais M. de Saint-Gilles, en sa qualité de conseiller d'Etat d'épée, se réfugia sous une de ces fictions trop nombreuses que la loi acceptait : à cette époque de priviléges la loi n'était pas égale pour tous, et tant s'en faut! C'était, au reste, comme une émulation funeste, entre les diverses nations de l'Europe, à qui serait le plus profondément sujette et obéissante à son roi. « Si veut le roi, si veut la loi. » C'était le droit strict. « Il n'y a, disaient les Français, il n'y a en France qu'une autorité unique, une puissance unique, qui réside dans le roi, de laquelle et au nom duquel émanent toutes les autres *. »

Quand donc le roi de France rencontrait une de ces causes qui touchaient au vif ses amitiés personnelles, et à plus forte raison l'intérêt de sa couronne, il évoquait la cause à son conseil privé, et il en restait le juge absolu.

Voilà pourquoi M. de Saint-Gilles ne fut pas trop

(*) *Mémoires du duc de Saint-Simon, tome I', p. 339.*

atterré de ce coup de foudre, au grand étonnement de son avocat improvisé.

« Monsieur le marquis, disait du Boulay, avez-vous vu, par hasard, une certaine monnaie du duc Charles-Emmanuel de Savoie, représentant le centaure qui tient dans ses griffes la couronne royale, avec cette devise : *Opportuné*, c'est-à-dire : Le moment est bon?

« — Et vous, mon cher défenseur, avez-vous vu la monnaie du roi Henri IV, le même centaure tenant Chambéry dans ses griffes, avec ce mot : *Opportunius*, ce qui signifie : Moment vaut mieux? Croyez-vous donc que pour un méchant duel je serai traité comme M. de Bouteville? Nous avons perdu la partie aujourd'hui, nous la gagnerons demain. »

Le marquis mentait à l'avocat, le marquis se mentait à lui-même. Il savait fort bien, au fond de l'âme, qu'il était perdu s'il ne perdait pas cette femme dont le triomphe remplissait la ville en ce moment. « Allons, s'écrit-il, je n'ai plus d'espoir qu'en toi, ô ma complice!... ô ma dupe, Verduron! »

FIN DU DEUXIÈME VOLUME.